月光スイッチ

橋本 紡

角川文庫 16097

目次

1 わたしの押し入れ 5
2 新婚生活（仮） 25
3 山崎第七ビルの人々 44
4 夜を歩く 66
5 ハナちゃんとビスケット 84
6 河原で歌う 110
7 姉弟競演 126
8 お父さんと会う 150
9 水鉄砲 173
10 真夜中、コンビニに行くように 189
解説 西加奈子 209

1　わたしの押し入れ

ずっと押し入れの中にいる。

セイちゃんの家の押し入れはずいぶんと広くて、手足を思いっきり伸ばすことができた。横幅も奥行きも二メートル以上あるだろう。その広さはとても押し入れとは呼べない空間なのだけれど、上下に分かれていることとか、壁のざらざらした質感とか、裏が緑色の襖《ふすま》であることとか、とにかく雰囲気は間違いなく押し入れだった。家の改装をしたときにできた中途半端なスペースを、そんなふうに仕立てたらしい。

なにしろ押し入れなので、ひとたび襖を閉めてしまえば、中は真っ暗だ。

いろんなものが見える気がする。

いろんな人を思い出す。

悲しくなることもあれば、楽しくなることもあって、わたしは泣いたり笑ったりする。そして、そのうち眠ってしまう。押し入れでの睡眠はいつも穏やかだ。気が付くと眠っているという感じ。これほど安らかに眠れる場所を、わたしは他に知らない。

目覚めもまた穏やかだ。

ゆるゆると目を開き、闇を見つめながら、わたしは深く息を吸う。穏やかな闇を体内に取り込む。悲しいことがあっても大丈夫。辛《つら》いことがあっても平気だ。この押し入れにすべて詰め込んでしまえばいい。本当に、心から、そう思う。

わたしは押し入れが大好きだった。

けれど押し入れはいつか開けられてしまう。

「またここにいるのか」

光が差し込んだ途端、押し入れは押し入れではなくなる。あの柔らかくて優しい闇は消え去ってしまう。

襖を開けたのは、もちろんセイちゃんだった。

寝てたのかと尋ねられたので、わたしは首をゆっくり振った。ただぼんやりしてただけだ。セイちゃんは手を伸ばすと、わたしの前髪に触った。右に流したり、左に流したりする。まるで人形のように、わたしで遊んでいるのだ。

彼の手はとても気持ちいい。それはきっと、わたしがセイちゃんのことを愛しているからなのだろう。

「香織《かおり》はさ、いつも押し入れの中にいるな」

そう言うセイちゃんは呆《あき》れてるふうだ。

「押し入れにこもってるなんて子供みたいだ」

もちろんわたしは子供ではない。結婚紹介所から『すてきな結婚がそこに！　あなたにも！』なんて嘘臭いダイレクト・メールが月に三通も四通も届くような年だった。ただの偶然なのかもしれないけれど、誕生日の翌日、いきなりそういうのが来はじめたのでびっくりしてしまった。

なにかの名簿が業者たちの手に渡り、それで一気に送られてきたというのが本当のところなんだろう。理解しつつも、テーブルに置いた色とりどりの葉書や封書にショックを受けてしまった。

宣告されちゃった……。

おまえはもう、そういう年なんだと。いつまでも小娘ではいられないんだと。二十歳はもう遠くなり、三十歳はすぐそこにある。まだまだ大人になったような気はしないし、年齢にふさわしい知識や経験を得てもいないけれど、それでも確かに時は積み重ねられてしまった。

とにかく子供だから押し入れにいるわけじゃない。

ここでしか眠れないのだ。

そういうわたしの気持ちが、セイちゃんにはまったくわからないんだろうか。まあ、わからないんだろうなと思った。だからこそ、平気な顔で、わたしを自分の家につれこんだりするんだ。

まったくデリカシーのない男だけれど、それでもわたしはセイちゃんのことが好きだった。彼と喋《しゃべ》っていると楽しいし、セックスのあとに汗だらけで抱き合っていると、このまま死んじゃってもいいなと本気で思うことがある。そんな時間のあとに「もう帰らなきゃいけない」と彼が時計を見ながら言い出すと、途端に悲しくなる。ぱんぱんに膨らんでいた風船が一気に萎《しぼ》む。

不倫する男は馬鹿で、そんな男と付き合う女はもっと馬鹿だと誰かが言っていた。まったくその通りだ。よくわかっている。セイちゃんは女にだらしない馬鹿で、わたしは手に入らないものばかり追いかけてる大馬鹿なんだろう。

でも、この一ヵ月半。

七月半ばから八月末までのあいだは、ちゃんと手に入る。

セイちゃんはわたしだけのものだ。

「俺も入れてくれよ」

「無理よ。セイちゃんは大きすぎるよ」

「なんとかなるって」

むりやりセイちゃんは押し入れに入ってきた。広い空間は、ふたりの大人をちゃんと受け入れる。けれど、そこはもう、わたしだけの場所ではない。襖も開けられたままだ。最近、お腹が少しばかり出てきたせいか、セイちゃんは前よりも見た目に気を遣うようになった。気軽に着てるTシャツだって、ちゃんとしたブランド製だから、二万円くらいはするはずだ。

セイちゃんはお金持ちだった。

自分じゃ買えない服を彼に買ってもらったり、きれいなレストランにつれていってもらったりしてると、世の中は不公平なんだなって思う。スタートラインが違うのだ。どんなに努力したって、たいていの人はセイちゃんほど裕福にはなれない。

「セイちゃんって恵まれてるのかな。それともかわいそうなのかな」

「ん、どういうこと」

「これだけいろんなものを持ってると、自分で成功を掴《つか》み取る感動とか、ちっとも味わえないでしょう」

セイちゃんは黙り込み、わたしをじっと見た。無表情なので、なにを考えているのかわからない。

まあね、とセイちゃんは呟《つぶや》いた。

「ずっと前は、そういうのが嫌だって思ったこともあったな。どうして俺の家は金持ちなんだろうって悩んだ。高校のころ、友達に藤岡っていう貧乏な奴がいてさ、学生服のズボンに穴が開いてるのに、それ繕って穿《は》いてたんだ。新しいの買えないんだよ。あの藤村のズボンがすごく羨《うらや》ましかったな」

「向こうはきっとセイちゃんのことが死ぬほど羨ましかったと思うよ」

「わかってる。金持ちの甘っちょろい戯言《たわごと》だよな」

「そうだよ。口にしたら殴られるよ」

うん、殴られた、とセイちゃんは言った。痛みを思い出したのか、左の頬を何度も触っている。

「え、言ったの」

「わりと仲のいい奴だったのに、大喧嘩《おおげんか》になって二、三発やられた。こっちも同じくらい殴ったけど。しばらく気まずかったな」

「呆れた」

「いや、なんにも考えてなかったわけじゃないんだ。そういうことを思う自分が偽善的で嫌だったし、だから無茶苦茶に暴れたかったし、人が嫌がること言って悪ぶりたかったし、とにかく喧嘩になるのがわかってて言ったんだ」

男の人って、どうしてこんなに馬鹿なんだろう。無茶苦茶に暴れてすっきりするなんて、わたしにはさっぱり理解できないけどな。

「今になってみると情けないことしたよ。藤岡に謝らなきゃ。でも謝ったら謝ったで嫌みなんだろうな」

独り言のようにセイちゃんはそんなことを呟いた。

もう十年も前、まだ高校生だったころ、すごく運動神経のいい先輩がいた。鹿島さんという名前だったと思う。その鹿島さんがある日、テニス部の練習にやってきた。遊び半分でラケットを三十分ほど振ったあと、三年の村井さんに試合しようぜと持ちかけた。

村井さんは笑いながら、

「負けても泣くなよ。三セットマッチな。先に二セット取った方が勝ち」

なんて言った。

ハンデくれよ、と鹿島さんは頼んだ。

「おまえ、ずっとテニス部だろ。俺はさっきラケットを握ったばかりなんだぜ」

「じゃあ、セットごとに、一ゲームずつやるよ」

どう考えても不公平だった。ハンデがたったそれだけだなんて。勝負になるわけがない。

誰もがそう思った。

けれど違っていた。

最初のころはさすがに村井さんが圧倒していたものの、第一セットが終わるころにはラリーが普通に続くようになり、第二セットに入ると、鹿島さんがポイントを取り始めた。

やがて村井さんはラリーに勝てなくなった。村井さんが厳しいところを狙っても、鹿島さんはするすると追いつき、軽く打ち返すのだ。きれいなトップスピンがかかったボールは、村井さんのコートに鋭く落ちて跳ねた。何度も何度も村井さんは唖然《あぜん》としてボールを見送った。

あと一ゲーム。たったの一ゲーム。それで勝ちが決まるというのに、村井さんはなかなか取れなかった。

一年生のときから、村井さんはずっとテニス部だった。そんなにうまい方じゃなかったけれど、レギュラーになるため真面目に練習していた。朝練にもちゃんと出ていたし、みんなが嫌だ嫌だと文句を言う持久走でも先頭グループに交じって走る人だった。なのに、たった三十分ラケットを振っただけの鹿島さんに押されているのだ。

「村井さん、負けるんじゃねえの」

誰かが言った。

ちょっと怯《おび》えたような声だった。

村井さんは誰にでも好かれるというタイプではなかったけれど、それでもわたしたちの先輩だった。テニス部を代表するレギュラーのひとりだった。

負けてはいけない。絶対に勝たなければいけないのだ。

「あ、決まった」

鹿島さんのサービスエースだった。きわどいところに決まったボールを、村井さんはただ見送るしかなかった。

右足のアキレス腱《けん》を切ってしまったせいでやむなく引退したけれど、鹿島さんは元陸上部のホープで、一年生のときに彼が出した百メートルのタイムは十一秒フラットだった。十二年ぶりの県記録更新だったそうだ。

百メートルを十一秒フラットで走れなくなっても、鹿島さんの運動能力が消えたわけではない。

彼の体の動きは見とれるくらい滑らかで、狩りをする肉食獣のようだった。

「今のアウトだろ？」

また誰かが呟いた。

鹿島さんのボールがラインぎりぎりに決まったのだ。

「ああ、アウトだよ」

「絶対にラインを出てたよな、あれ」

「審判、ちゃんと見ろって」

「本当は村井さんのポイントだぜ」

みんなは口々にそう言ったけれど、ちゃんとオンラインだと知っていた。

勝負をわけるポイントが、やがてやってきた。三回続いたデュース。余裕を持っているのは、むしろ鹿島さんだった。きれいなフォームで村井さんのボールを打ち返している。ラリーはずいぶん長く続いて、何度もボールが行ったり来たりした。村井さんは必死になってボールに食らいつき、その姿はまるで本番の県大会に挑んでいるようだった。

どれくらいラリーが続いたんだろう。いきなり鹿島さんがボールを追うのをやめた。顔をしかめ、それから右足を気にする素振りを見せた。ラケットの先で、スニーカーの裏を何度か叩《たた》いたりした。

「大丈夫か」

そう尋ねる村井さんの声には、まったく余裕がなかった。

ああ、と鹿島さんは頷《うなず》いた。

「続けようぜ」

「いいのか」

「なんでもねえよ」

本当になんでもなかったのかどうかはわからない。そのあと、村井さんが打ったのは、奇跡的にすばらしいサーブだった。村井さんがあんなにすごいサーブを打ったのを見たことは、後にも先にもない。

きれいに裏を取られた鹿島さんは、うへえと大げさに声を上げた。

「バックを狙ってたのかよ。やられた」

そして、その場に倒れ込んだ。負けたのに、鹿島さんはほっとしているように見えた。わたしたち部員は、もちろんほっとしていた。

村井さんだけが悔しそうだった。

「ちえっ。やっぱり勝てなかったか」

「テニス部の俺が負けたらやばいって」

「でも惜しかっただろ。またやろうぜ」

「絶対に断る。素人相手にひやひやしたくねえよ」

そんなことを話す鹿島さんと村井さんを見ながら、わたしたちは饒舌《じょうぜつ》に喋《しゃべ》った。すごいね鹿島さん。あともうちょっとだったね。だけどあの村井さんのサーブは取れないよ。うん、あれは返せない。二百キロくらい出てたんじゃないか。二百キロはオーバーだよ。でも、それくらいすごかったぞ。うん、本当にすごかった。

もし鹿島さんの右足があのときおかしくならなかったら（おかしくなった振りをしなかったら？）、彼は村井さんに勝っていただろう。

第二セットも、第三セットも、きっと取っていただろう。

セイちゃんと一緒にいると、鹿島さんと村井さんの試合を思い出す。どんなに努力しても、練習に励んでも、もし同じ競技を同じ期間やったとしたら、村井さんは鹿島さんに勝てない。もともとの運動能力が違うのだ。

セイちゃんも同じだった。

生まれつき、セイちゃんはお金持ちだ。大昔からの地主一族で、事業に失敗した父親がだいぶ資産を減らしてしまったものの、それでもまだビルをいくつか持っていて、賃料収入だけで暮らしていける。そのせいか、セイちゃんはどこか呑気《のんき》なところを残したまま大人になってしまった。わたしよりずっと年上なのに、彼の態度や言葉にびっくりするような純粋さを見ることがある。わたしのような小娘でさえも、とっくの昔に失ってしまったものが、彼の中には残っているのだった。

わたしはセイちゃんの恋人だ。いや、彼には奥さんがいるのだから、愛人ということになるんだろうか。

本当は素直に彼と呼びたい。

友達にセイちゃんのことを話すときは、いちおう彼と言っている。

「彼がね、家に来いって言うのよ」

そんな感じ。彼と呼んでいると、普通の、ちゃんとした恋人同士のように思える。気持ちの上では、確かに彼氏なのだ。わたしはセイちゃんを本当に愛しているのだから。ただし、彼には奥さんがいる。月々のお小遣いとして、ＯＬの給料と同じくらいのお金を貰《もら》っている。

　ああ、これじゃ、やっぱりただの愛人だ……。

難しいことを考えていたら、なんだか頭が混乱した。それを察したのか、セイちゃんがキスをしてきた。わたしがこういうことで悩み始めると、いつもセイちゃんはキスをする。ぎゅっと抱きしめる。不安を和らげようとしてくれているのか、それとも誤魔化《ごまか》そうとしているのか。

　どちらなんだろうと思いつつも目を閉じ、彼のキスを受け入れた。

　何度も何度も唇を合わせているうちに、体の中が少し熱くなってきた。セイちゃんの体も熱い。

　彼の手がパジャマのボタンをひとつひとつはずしていくのに興奮する。セイちゃんはこういうのがすごくうまくて、気が付くとわたしはいつも裸にされている。それでも押し入れの中でするのは初めてだった。わたしもセイちゃんも壁や天井に体を何度もぶつけた。

　自分の服を脱ごうとセイちゃんが体を起こしたら、がつんと天井に頭が当たって、彼は痛そうに呻《うめ》いた。

「すごく大きな音がしたよ。大丈夫なの」

「駄目。絶対コブになる」

　言いつつ、それでもセイちゃんが体を乗せてくる。彼の胸はほどよく肉がついていて、肌は滑らかだ。触ってみると、わたしの体よりしっかりしている。どうして男と女はこんなにも造りが違うのだろうか。

わたしはぎゅっと彼に抱きついた。

「そんなに引っ付かれたらなにもできないだろ」

「うん」

頷く。でも放さない。セックスは嫌いじゃないけれど、それよりも、こうしている瞬間がわたしは好きだ。始まる前と、終わったあとが好きだ。ただ抱き合っているのが好きだ。なのに彼はすぐ焦《じ》れてしまう。先に進もうとする。ただ頭を撫《な》でられるだけでも、ものすごく気持ちいいのに。

終わったあと、ふたりで眠ってしまった。肌をぴったり寄せ合って、寝息も重ねた。起きたときには、もう夜だった。

押し入れも、家の中も、全部暗い。

今日のことを思い浮かべてみる。古い小説をほんの数ページ読んだ。ご飯を二回食べた。セイちゃんが貰ってきた葡萄《ぶどう》も食べた。ＣＤを二枚聴いた。一枚はすごくおもしろくて、一枚はまったくわからなかった。それからセイちゃんと体を重ねた。

ああ、今日は快楽ばっかりの日だったな……。

ちょっとした罪悪感と、寝起きのぼんやりした心地よさに浸りながら、しばらくじっとしていた。押し入れの中はとても暑くて肌が湿る。そのせいで、セイちゃんに触れている部分は、彼とくっついてしまったみたいに思えた。

　やがてセイちゃんも目を覚まし、体を動かした。くっついていた部分が離れてしまった。

「おはよう」

　目を擦《こす》っているセイちゃんに、からかうように言ってやる。

　あれえ、とセイちゃんは高い声を出した。

「香織はずっと起きてたのか」

「ううん、寝てたよ。わたしもさっき起きたばっかり」

「寝ちゃったな」

「うん、寝ちゃったね」

　香織のせいだなとセイちゃんは言う。だからわたしはセイちゃんのせいだよと言ってやる。どうでもいいことだけれど、わたしたちは声を揃えて笑う。

　どうしてセックスのあとはいつも寝てしまうんだろう。

　のろのろと押し入れから出て、家の中を歩きまわった。街灯の光が室内に入ってくるせいで、真っ暗というわけではない。薄闇を漂うように歩くセイちゃんは、まるで幽霊みたいだった。

「どうしたんだ」

彼が尋ねてくる。

ううん、とわたしは首を振った。

「なんでもないの。ぼんやりしてただけ」

「香織、お腹空《す》いてないか」

「あ、空いてる」

「なにか食べようぜ」

セイちゃんの家にある冷蔵庫は、やたらと大きい。わたしがすっぽり入れるくらいの大きさがある。GEというアメリカのメーカーのもので、GEは原子力発電所を造ったりもしているらしい。そのことをセイちゃんに教えてもらったときは、ちょっとびっくりした。冷蔵庫と原子力発電所という言葉がうまく繋《つな》がらなかった。

両開き式の扉を開け、原子力発電所も造っているメーカーの冷蔵庫を、ふたりで覗《のぞ》き込んだ。

ご飯と卵しかなかった。あとは調味料くらい。

「卵ご飯かな、やっぱり」

わたしがそう言うと、セイちゃんは呆《あき》れたように首を振った。

「そんなの気持ちがさもしくなるから絶対に嫌だね」

「じゃあ、どうするの」

「炒飯《チャーハン》にしよう。俺が作るよ」

セイちゃんはご飯と卵を冷蔵庫から取り出した。彼はとても料理が上手だ。なんでも器用にこなすタイプだからだろうか。自炊なんてまったくしないように思えるのに、凝った煮込み料理を二日も三日もかけて作ったりする。

手伝おうかと申し出たけれど、セイちゃんはおとなしく待ってろと偉そうに言った。

「じゃあ、見てる」

ダイニングテーブルの椅子を取ると、わたしはそれを両手で抱えて、セイちゃんのそばまで行った。邪魔にならない場所に椅子を置き、膝《ひざ》を抱いて腰かける。

「炒飯をうまく作るコツは熱量だ」

「熱量？」

「舌が火傷《やけど》するくらい熱く仕上げれば、それだけで炒飯はおいしくなるんだよ。よく冷たいご飯を炒《いた》めたりするだろ。あんなの大間違いだ。温度が下がっておいしくなくなる。ご飯はしっかり温めておいた方が絶対にいい」

電子レンジにご飯を入れると、セイちゃんは温め時間をセットし、それから中華鍋《なべ》をコンロに載せた。セイちゃんの家にはなんでもある。中華鍋も、大きな蒸籠《せいろう》も、丈夫でカラフルな鋳物の鍋も、ガス式のオーブンも、イタリア製のパスタマシンも。

それらはすべて、奥さんの趣味で揃えられたものだった。

居心地がいいのか悪いのか、よくわからない。奥さんの城に閉じ込められているのだと思うと、逃げ出したくなる。だけど、そこを占領してると思うと、真っ黒な喜びが湧いてくる。

どちらの気持ちが本当なのかわからず、混乱した。息がしづらくなった。

「油を多めに使って、煙が出るくらい熱するのも忘れちゃいけない。炒飯って作るのは一瞬だけど、準備にはけっこう手間がかかるんだ。急いで取りかかると失敗する。香織、ご飯を持ってきてくれ」

温まったご飯を電子レンジから出して、セイちゃんに渡した。白いご飯は、もうもうと湯気を上げている。温め過ぎなんじゃないかと思ったけれど、セイちゃんはちょうどいいなと頷《うなず》いた。

「これで準備は完了。あとは一気にいくから、よく見ておけよ。まず溶き卵をフライパンに入れる。たっぷりの油と馴染《なじ》ませたら、卵が固まる前にご飯だ。ここ、けっこう大切だぞ。卵と油でご飯の一粒一粒をコーティングしてやるのが大切なんだ」

本当にあっという間だった。卵を入れ、ご飯を入れ、そしてセイちゃんは鍋を派手に煽《あお》った。ご飯と卵がフライパンの中で躍りながら混ざっていく。彼はすごく真剣な顔をしていた。

男の人にご飯を作ってもらうのは、とても嬉《うれ》しい。息苦しさがいきなり消えて、空気が胸にするりと入ってくるようになった。幸福というのは、きっとこういうことなんだろう。いつの間にか微笑んでいたらしく、なんだよとセイちゃんが尋ねてきた。

「どうして笑ってるんだ」

「誰かにご飯を作ってもらうのっていいね」

「人の作ったご飯って、それだけでおいしいよな。俺は自分で作るのも好きだけど、香織が作ってくれたものを食べるのも好きだよ」

なんてことを言いつつ、セイちゃんは準備してあった皿に炒飯を盛りつけた。炒め始めてから、ほんの数分しかたっていない。二枚の皿に盛られた炒飯は、とてもおいしそうだった。ご飯の一粒一粒が、卵と油で包まれて光っている。

「あ、すごい」

そして実際においしかった。口の中に入れると、まず卵の香りがふわりと広がり、それから油の旨《うま》みがやってくる。舌が火傷しそうなくらい熱いけれど、それがまたおいしさを増していた。

「すごい。これはすごいね」

連呼するわたしを見て、セイちゃんは嬉しそうに笑った。

「な、うまいだろ」

「うん、おいしい」

今のわたしは幸せだった。優しく抱いてもらって、食べ物を作ってもらって、それがまた本当においしくて、心も体もすっかり満たされていた。

冷静に考えれば、自分が置かれている状況と、その愚かさに怖くなる。けれど、わたしは冷静になることを、だいぶ前に放棄していた。でなければ、ここに来たりなんてするものか。

一ヵ月半の新婚生活（仮）はまだ始まったばかりだった。

2　新婚生活（仮）

最初は冗談のつもりだった。

毎週火曜日、商工会議所の分科会があると偽って、セイちゃんはわたしの部屋にやってくる。

敷金と礼金が要らないタイプのアパートで、新しいから小綺麗《こぎれい》な建物だ。

車を持ってないのに、そのアパートの駐車場をわたしは一台分借りていた。セイちゃんの車を駐《と》めるためだった。週に一回しか使わないけれど、下手な場所で駐車違反の切符を切られるわけにはいかないので、セイちゃんが自分でお金を出して借りてくれたのだ。

「今度さ、嫁さんが里帰り出産するんだよ」

「奥さんの実家ってどこなの」

「北海道の奥の方。いちおう町ってついてるけど、すごい田舎なんだぜ。前に行ったとき、いつまで走っても着かないからびっくりしたよ」

「北海道の町って町じゃないんだよね」

「そうなんだよ。まったく町じゃないんだよ。この前合併しちゃったから、今は市になってるんじゃないかな」

下らないことを言いつつ、わたしたちは裸で抱き合っていた。ベッドが狭いから、ぴったりくっついていないと、どちらかが落ちてしまう。

わたしはセイちゃんの汗の臭いが大好きだ。肩にキスする振りをして、たっぷりと嗅《か》いだりする。

ただの臭いではないのかもしれない。たとえばフェロモンとか。彼と付き合うようになったのは、それが好みだったからなのだろうか。派遣で行っていた不動産会社で知り合ったのだけれど、最初から、なんだかいいなと感じていた。

彼の奥さんは妊娠している。もう八ヵ月目に入っているはずだ。

「ねえ、八ヵ月だと、お腹ってもう大きいの」

大きいよお、とセイちゃんはおどけて言った。

「ぽっこり膨れてきてる。嫁さんは骨盤が狭いんだってさ。それで腹が前に出るんだって。今でも大きいんだから、臨月になったらどうなることか」

「そうか、骨盤狭いのか」

骨盤の狭い女は、あそこも狭いと聞いたことがある。噂好きの女子高生が話すような怪しい説だけど、つい頭に浮かんでしまった。

セイちゃんは平気で奥さんの話をする。というか、そうするようにわたしが仕向けたのだ。奥さんの話を避けるのは不自然で息苦しいし、だったら話してもらった方がいい。それに、奥さんのことを愚痴られると、おかしな優越感が胸に湧き上がってくるのだった。わたしだけが、本当のことを聞いている。奥さんにも話せないようなことを話してもらっている。

そう思うことができた。

浮気する男がよく使う手なのかもしれないと感じつつ、あっさり騙《だま》されているわたしはなんなのか。

わかっている。いろいろわかっている。でもわからないこともある。

「──だよね」

そんなことを考えていたので、セイちゃんの言葉を聞き逃した。

「え、なに」

「だからさ、俺、一ヵ月半くらいひとり暮らしなんだよね。だいたい八月の末くらいまでかな、嫁さんは里帰り出産で北海道だから。一回、向こうに行ったら、そう簡単に戻ってこられないだろ。なにしろ北海道だし。そのあいだは完全に独身ってわけ」

セイちゃんは優しく笑う。香織といられるよ、と。

「本当に？　週に何回も会える？」

「ああ、毎日だって会える。ここに泊まったっていいぞ」

「やった。すごく嬉しい」

大きな声を出して、ぎゅっと抱きついてしまった。実はものすごく複雑な気持ちなのに。

ああ、でも、嬉しいのは確かだ。セイちゃんを独り占めできると思うと、頭の中がきらきらする。なんだか周りが急に明るくなった感じ。

それでつい言葉が漏れた。

「奥さんがいないあいだ、わたしが家に住んじゃおうかな。それでね、仮の新婚生活を送るの」

「いいな、それ」

セイちゃんは無邪気に笑った。

「楽しそうだ。仮の新婚生活か」

「毎朝、キスで起こしてあげるね。おいしいご飯だって作ってあげる。一緒にお風呂《ふろ》も入ろうよ」

「料理は俺の方がうまいぞ」

「でも作ってあげる。おいしく作れるよう努力するよ。あ、そうだ。一緒に住んでたら、セイちゃんは帰っちゃわないんだ。ひとりにならなくてもいいんだ」

妄想がどんどん膨らんでいく。妄想とわかっているから膨らませることができる。セイちゃんとの生活、一緒の朝、昼、それに夜——。

「俺が帰ったあと、やっぱり寂しい？」

いきなり申し訳なさそうな顔になって、セイちゃんが尋ねてきた。妄想ゲームはそうしてすぐに終わってしまった。

わたしは、うんと頷《うなず》いた。うん。

「寂しいよ」

毎日毎日、わたしはセイちゃんのことばかり考えている。彼が来てくれる火曜日のためだけに生きている。

ああ、もうすぐ十時だ。

セイちゃんは帰ってしまう。

「おっと、そろそろ時間だ」

失敗した。わたしが時計を見たから、セイちゃんも見てしまった。

あと一分か二分は引き延ばせたのに。

グズグズするわたしをよそに、セイちゃんはユニットバスに裸で入っていった。そこに置かれているシャンプーとリンス、それにボディソープは、セイちゃんが家で使っている製品とまったく同じものだ。匂いで奥さんにばれないように、ちゃんと合わせているのだった。

やがてセイちゃんの携帯電話が鳴り始めた。寝過ごさないように、タイマーをセットしてあるのだ。シャワーの音と、モーツァルトのピアノ協奏曲。どちらもとめたいけれど、とめられない音。

さっさと服を着たセイちゃんを、玄関で見送る。

「本当に来るか」

「え、なんのこと」

「嫁さんがいないあいだ、香織と一緒に暮らしてもばれないと思うんだよな。松葉町の家だと、さすがに近所の目がうるさいから駄目だけどさ。税金対策で家扱いしてるオフィスが駅に近い三丁目にあるんで、そっちならいけると思う」

「奥さんがいないあいだ、そこで暮らすってこと？　悪いことしてるって奥さんにばれない？」

大丈夫大丈夫、とセイちゃんは軽い感じで言った。

「ひとりで広い家にいるのは寂しいとか、仕事に励むことにしたとか、いくらでも理由は作れるよ。だいたい北海道に行っちゃったら確かめようがないだろ」

「だけど、いいのかな」

「香織が嫌なら、もちろん無理強いはしないけどな」

どうしよう。さっきの妄想が、ものすごい勢いで蘇《よみがえ》ってくる。起きたらセイちゃんが隣に寝ていて、向かい合って朝ご飯を食べて、お風呂に一緒に入って、なによりセイちゃんは十時になっても帰らない。ずっとそばにいてくれる。

冷静になれという方が無理だった。

「そうする。セイちゃんがいいって言うんなら、そうする」

ぼんやりしながら、言葉だけが勝手に漏れていた。

「じゃあ、決まりな。手配しておくよ」

にっこり笑って、セイちゃんは帰っていった。そのまま玄関で突っ立っていると、やがて駐車場の方から車のエンジン音が聞こえてきた。低い唸《うな》りは、それだけでお金のかかった車だということを周囲に教えている。

「あ、行かなきゃ」

慌ててベランダに走り、手を振った。これがいつもの儀式なのだ。車に乗ったセイちゃんに手を振る。セイちゃんは車のワイパーを動かす。

今日もワイパーが行ったり来たりした。さよなら――。

そして車は走り去り、わたしはいつものようにひとりきりだった。けれど、いつものように寂しくはなく、やけに興奮していた。慌ててカレンダーを見る。あと三週間くらいで奥さんは北海道に大きなお腹を抱えて帰る。そして、わたしとセイちゃんの新婚生活が始まる。仮の、だけど。それとも偽の、かな。

いいんだろうか。そんなの本当に許されるんだろうか。

許されたのかどうかはわからない。心の整理もまったくついてない。けれど手際のいいセイちゃんは、あっさり準備を整えてしまった。

「来週の火曜日に嫁さんが出発することになった。その次の日、必要なものを三丁目のオフィスに移すよ。調理道具とか持っていかないと、片手鍋《なべ》くらいしかないからさ。それが終わったら、駅前で待ち合わせしよう。中央改札を出て右に曲がると、十メートルくらいで案内板があるんだ。その前で待っててくれないか」

まるで遠い国からかかってきた電話のようだった。どこにも存在しない夢の国だ。うんうん、と頷いた。同じことを二度も三度もメモ用紙に書き重ねた。中央改札。出たら右に曲がる。十メートルで案内板。その前でセイちゃんを待つ。

そして当日がやってきた。

わたしが住んでるのは東京二十三区のはずれで、セイちゃんがたくさん土地を持って暮らしているのは、そこから電車で三十分くらい下った先にある町だった。三十分も下るんだからそれなりに田舎なんだろうと思っていたら、とんでもなかった。ものすごく賑《にぎ》やかな町だった。駅前にはデパートがいくつかあって、有名な家電量販店が赤い看板を輝かせていて、ティッシュ配りのアルバイトが十人以上も連なっていて、ホストクラブの客引きまでうろうろしている。路上ライブをしているバンドなんかも目についた。

待ち合わせ時間を五分ほど過ぎたころ、Tシャツにジーンズというラフな恰好《かっこう》で、セイちゃんがやってきた。

「セイちゃんって本当にお金持ちなんだね」

顔を見るなり、わたしはため息を吐くように言った。

「なんだよ、いきなり」

「だって、こんな賑やかな町に、ビルをいっぱい持ってるんでしょう」

「親父がだいぶ減らしちゃったけどな。そこにコンタクトレンズ屋の看板があるだろ。前はあのビルもうちの土地だったんだ。ここら辺の土地持ち連中からすると、うちは没落扱いだよ」

「でも、すごいよ」

まあ食うには困らないけどな、とセイちゃんは言う。

なんだか、ちょっと自嘲《じちょう》気味。

駅を中心に、放射状に道が広がっていた。そのうちのひとつを五分ほど歩くと、今度は十字路に差しかかった。なるほど。放射状に道があって、それを繋《つな》ぐための横道が配されているのだろう。

ちゃんと都市計画を練った上で作られた町なのだ。

「ここだよ」

やがてたどり着いたのは、裏通りにある七階建ての古いビルだった。看板を見ると一階は和食屋で、二階にいろんなクリニックが入っている。三階から上は賃貸住宅のようだ。

「山崎《やまざき》第七ビルなのね」

ビルの入り口にかかったプレートの文字を読む。

「センスないだろ。うちの名字に数字つけただけ。でも本当のこと言うと、親父のせいで第二と第四はもうないんだ。借金返すのに売っちゃったからさ」

セイちゃんの名前は、山崎誠太郎という。お祖父《じい》ちゃんが名付けたらしい。誠実であれ、ということだろうか。だとしたら、お祖父ちゃんの願いは見事に裏切られている。なにしろ、奥さんの里帰り出産中に、愛人を家につれこむような人間になってしまったのだから。

彼と一緒に自動ドアを抜けると、広めのエントランスだった。蛍光灯の白い光に照らされた壁や床のタイルは少し傷んでいる。ちゃんと手入れはされているものの、それなりに古いビルらしい。

エレベーターのドアが開き、女の人が降りてきた。わたしより十歳ほど年上だろうか。大きなハチミツ色の犬をつれている。

「吉田さん、サハの散歩ですか」

セイちゃんは愛想よく話しかけた。

「そうなの。朝も行ったんだけど、またつれていけってうるさいのよ」

「わがままだな、サハ」

しゃがみこんだ彼は、犬の頭や喉《のど》を撫《な》でた。慣れているらしく、犬は嬉《うれ》しそうに尻尾《しっぽ》を大きく振っている。セイちゃんは子供みたいに犬に抱きつき、そのまま女の人と話し続けた。犬の方はおとなしく抱かれたままだ。

「エアコンの調子、どうですか」

「いいわよ。新しいのって静かなのねえ」

「電気代もかなり安くなるって話ですよ。そろそろ償却時期が来てるんで、全部の部屋のエアコンを取り替えてもいいかなと思ってるんですよね」

「それってお金かかるじゃないの。わたしは助かったけど」

「税理士がもっと経費使った方がいいって言うんですよ。ちょうど償却時期が来てるから、やっぱりエアコンかな」

吉田さんという女性が、わたしの方を見た。微笑んでくれたので、わたしも微笑んでおいた。

行ってきます、と言い残して吉田さんは犬をつれてエントランスを出ていった。行ってらっしゃい、とセイちゃんは言葉を返した。

「三〇三号室に住んでる吉田さん。わりと古株かな。すぐそこでブティックをやってるんだ。けっこう儲《もう》かってるらしいよ。この前、エアコンが壊れたから取り替えたんだけど、調子いいみたいだな」

エレベーターの中で、彼がそう言った。

「エアコンって、けっこう進化してるんだってさ。出入りの設備屋によると、最近のはエネルギー消費量とかCO2排出量が、十年前の機種の半分くらいまで減ってるらしい。すごいよな」

わたしはすっかり動揺していて、エネルギー消費量やCO2排出量なんてどうでもよかった。あんなふうに、部屋を借りている人に会ってしまっていいんだろうか。奥さんにばれるのではないか。

エレベーターが停まったのは最上階の七階だった。降りたすぐそこにドアがひとつきり。ドアを開けて中に入ると、玄関がやたらと広かった。しかも床は大理石だ。照明はただの蛍光灯なんかじゃなくて、凝った間接照明になっている。上がり框《がまち》の奥に、明かりが仕込まれているらしい。靴を脱ぎながらその隙間に手を差し込むと、手のひらが白く光った。長い長い廊下の先は、二十畳くらいのリビングだ。天井が高いせいか、落ち着かないほど広く感じられる。

どうやら最上階にはセイちゃんの住居兼オフィスしかないらしい。ワンフロアを独占しているのだ。天井まである大きな窓から、デパートの赤い看板がよく見えた。

彼は大きなソファに腰かけた。

「さて、いよいよ始まりだ」

これからすごいことをするぞ、という口調だった。

「俺と香織の新婚生活だ」

やった、と抱きつきたかったけれど、その前に胸の鼓動をどうにかしたかった。

「ねえ、セイちゃん」

「なんだよ。どうしたんだよ」

わたしが喜ばないので、彼は不思議そうだ。

「さっきみたいに、人に会って平気なの？　奥さんにばれたりしないの？」

「そんなこと気にしてたのか。大丈夫だって。ここに住んでたのは、結婚したばかりのころなんだ。それも一年ちょっとだったし。郊外に家を建てたんで、今は仕事にしか使ってない。嫁さんと住んでたころを知ってる住人は入れ替わってもういないから、誰も気付かないって」

「じゃあ、いいのね？　見られても平気なのね？」

「もし誰かに聞かれたら、そうだな、従妹《いとこ》ってことにしておいてくれよ」

かなり危うい気がしたものの、彼が大丈夫だと言うので信用することにした。それにしても、わたしはなにを恐れてるんだろう。奥さんにばれること？　それでセイちゃんと別れなきゃいけなくなること？

ばれたら捨てられると考えている自分が、たまらなく情けなかった。

まあ、いい。

これから一ヵ月半はそんなこと考えなくていいんだ。ここはわたしとセイちゃんの家だ。ふたりきりで住むんだ。一ヵ月半の新婚生活なんだ。

いろんなものを振り切り、わたしはセイちゃんに抱きついた。

「やった。一ヵ月半、楽しく暮らそうね」

「俺も楽しみだよ」

「ああ、どうしよう。すごく幸せかも」

理屈なんかどこかに行ってしまう。馬鹿なことだとわかっていても、どうかしてしまいそうなほど幸せだった。

なんにもしてない気楽なボンボンなのかと思っていたけれど、セイちゃんはそれなりに忙しそうだった。いろんな人からしょっちゅう電話がかかってきて、その応対に追われていたし、会議やら打ち合わせやらも多かった。不動産の管理って大変なんだな、と思った。お金持ちだからといって、のほほんと暮らせるわけではないのだ。

かなりセイちゃんを見直した。そのお金で養ってもらってることを感謝した。こんなに忙しいのに会いに来てくれてたのだと思うと、セイちゃんをもっと好きになれた気がした。

最初の日曜日――。

昼過ぎにようやく起きたセイちゃんは、ぶかぶかのパジャマを着て、寝ぼけ眼でキッチンに入ってきた。冷蔵庫を開け、ミネラルウォーターのボトルを取り出すと、わたしの向かいに腰かけた。

「おはよう」

わたしはいつもよりはっきりした声で言った。そうしないと、声が届かない気がしたからだ。家の広さに合わせるように、家具も大きい。キッチンに置いてあるテーブルは、ダブルベッドくらいのサイズだった。

「おはよう」

眠そうな顔で挨拶《あいさつ》し、セイちゃんはミネラルウォーターをごくごく飲んだ。

「香織は早起きだな」

「そんなことないよ。起きたのは十時くらいだから、全然早起きじゃないと思う。それよりご飯食べる？」

「まさか作ってあるのか」

えへへ、と笑いながら、隠してあったお盆を出した。カボチャのポタージュに、オリーブオイルで作ったラスク、それにたっぷりの生野菜。もちろんドレッシングだって、ちゃんとした手作りだ。

「すごいな。本当に新婚生活みたいだ」

セイちゃんは目を輝かせ、ラスクを頬張った。がっつくものだから、ぼろぼろこぼしている。そんな彼を見ていると、強烈な幸福感が湧き上がってきた。とんでもなく高いところに舞い上がったような感覚。

ああ、新婚生活って本当にすごい。

仮の、だけど。

食べ終わったセイちゃんは、ごちそうさまと言った。

「俺さ、すごく幸せなんだけど」

「わたしも」

「いいよな」

「うん、いいよね」

なんだか同じことばっかり口にしている。それからコーヒーをいれて、ふたりでゆっくりくつろいだ。

「わたしね、セイちゃんを見直しちゃった」

「え、なんでだよ」

「お金持ちだから、もっと気楽に過ごしてると思ってたの。放っておいても家賃とか利子とか勝手に入ってくるんだろうなって。だけど財産をずっと維持するのは大変なんだね」

「そうなんだよ。本当に難しいんだ。おまえ、鉄筋コンクリートでも雨漏りするって知ってた？　しかも、どこから漏れてるか専門家でもわかんないんだって。壁の亀裂《きれつ》に染みこんだ雨が、いろんなところを伝って、一階で漏ったりするわけ。結局、あちこち防水処理して、すごくお金がかかった。銀行から借金してビルを買ったら、絶対にペイしないよ」

仕事の話をしているセイちゃんも素敵だ。なんだか、いろんなものがすべて、輝いて見える。

最初は緊張したりはしゃいだりして、そのうちぐったり疲れてしまった。なるほど、これが新婚ブルーなのかと驚いた。人間、何事も体験してみないとわからないものだ。それでも、十日くらいたつと力みも抜けて、穏やかな日々が訪れた。

セイちゃんとの暮らしは気楽だった。彼はわたしになにも強制しない。それどころか、彼がわたしの面倒を見てくれることも多かった。

お腹が空《す》いたと言えばご飯を作ってくれるし、着替えがなくなったら洗濯をしてくれるし、テレビをつけたままソファで眠ってしまっても小言を口にしない。あまりにも自然に家事をこなしてしまうものだから、ちょっと物足りなくなったくらいだ。精一杯世話を焼いて、女房気分を満喫しようと思っていたのに。

問題だったのは、寝る場所だった。

最初の日、わたしはセイちゃんとベッドに入った。大きなキングサイズのベッドは、きっと奥さんと住んでいたときから使っているのだろう。

セイちゃんはこのベッドで奥さんと寝ていたのだ。

いろんなことをしたのだ。

そんなふうに思ってしまったせいか、体を重ねても、いつもほどの気持ちよさを得られなかった。

階段の上り方を間違ってしまったような感じだった。

セイちゃんはすぐに寝息を立て始めたけれど、わたしはなかなか眠れなかった。夢にまで思い描いた日々。セイちゃんと、ずっと一緒の生活。十時になっても、携帯電話のタイマーは鳴り出さない。あの軽薄なモーツアルトに苛々《いらいら》しなくてもいいのだ。

なのに、なぜ眠れないんだろう……。

起き上がり、あちこちを歩きまわった。くつろげる場所を探した。リビングの大きなソファでは眠れず、物置はなんだか怖く、いろいろ探しまわっているうちに、布団を詰め込んだ押し入れを見つけた。すごく広くて、ちょっとした部屋のようだった。布団を三枚下ろして、そこにできた空間にわたしは潜り込んだ。

なぜそんなことをしたのかわからない。

たぶん舞い上がりすぎてしまい、着地点を間違えたのだ。押し入れの静かさと暗さが心地よかった。しんと心が落ち着いた。目を閉じた瞬間に眠った。横たわったら寝息を立てていた。それ以来、わたしは押し入れで過ごすことが多くなった。

押し入れで眠るわたしに、セイちゃんは呆《あき》れた。

「せっかく一緒に暮らしてるのに、朝起きたらいないんだもんな」

「ごめんね、セイちゃん」

残念がっている彼に申し訳なくて、何度も何度も謝った。

「本当にごめんね」

わたしだって、セイちゃんの隣で眠りたいのだ。なのに、どういうわけか、ふらふらと押し入れに移動してしまう。

たったひとつの誤算だ。

せっかく一緒に暮らしているのに、同じベッドで眠れないなんて。

3　山崎第七ビルの人々

　ある日の午後、セイちゃんが声をかけてきた。

「今から集金に行くんだけど、おまえも来るか」

　大きなソファに寝転がり、雑誌をぱらぱら捲《めく》っていたわたしは、のけぞるようにしてセイちゃんの方を見た。長くなってきた髪が垂れて重い。

「集金って？　どこに？」

「このビルに住んでる人の家賃だよ」

「え、口座振替じゃないの」

「ここはちょっと訳ありの人が多くてさ。銀行の口座を持てないような人が、たくさんいたころもあったんだ。今はそこまでひどい人はいないけど、集金の習慣だけは残っちゃってるんだよな」

　少し迷ったものの、できるだけセイちゃんといたかったので、わたしは行くと答えた。

髪を梳《と》かし、鏡で顔を確認する。ろくに化粧してないけれど、まあいいか。ただの集金なんだし。

「違う違う、こっち」

エレベーターの前に立ったら、セイちゃんが階段の方を指差した。

「階段で行くの？」

「全部の階をまわるんだから、いちいちエレベーターを使う方が面倒だろ。階段で一階ずつ下りながら集金するわけ」

歩き出すセイちゃんの背中を追う。お父さんの仕事場についていく子供の気持ちだ。背中が恰好《かっこう》いい。うふふ、なんて笑ってしまう。

「このビル、俺の財布なんだよね」

階段をゆっくり下りながら、セイちゃんが言った。

「財布って？」

「ここの住人の家賃はすべて現金集金だろ。口座を通さない金だから、俺が自由に使っていいんだ」

わたしが毎月貰《もら》っているお小遣いも、ここで集まる家賃から出ているのだろう。ああ、そうか。この山崎第七ビルはセイちゃんのお城なのかもしれない。町中の、小さな、古びたお城。彼のための場所。

七段下りると、踊り場だ。体の向きをくるりと変えて、もう七段。

最初は、六〇一号室の大柴さん。奥さんを早くに亡くして、たったひとりで暮らしている。今も奥さんのことを大切に思っている愛妻家だ。チャイムを鳴らすと、すぐに姿を現した。

「こんにちは、大柴さん」

セイちゃんは気楽に挨拶《あいさつ》した。

「足、どうですか」

「まだ痛いね。医者が湿布をくれるんだが、ちっとも効かないんだ。まあ年だからね。しょうがないよ」

ドアを開けてくれた大柴さんは、わたしたちのことをあまり気にする様子もなく、どんどん部屋の奥へと歩いていく。セイちゃんはまるで自分の家みたいに――確かに彼のビルだけれど――廊下を進んだ。

彼のあとを追って、わたしも歩く。

他人の家っておもしろいなと思った。不思議な匂いがする。なんだろう、これは。香辛料のような匂いだ。

廊下の突き当たりに、十畳くらいのリビングがあった。

いろんなものがたくさん置かれていて、ごちゃごちゃしている。セイちゃんの部屋ほどおしゃれじゃないし、高価なものばかりでもない。要するに、よくある普通のリビングだ。

壁に写真が貼ってあった。お父さんと、お母さんと、息子。そのお父さんが二十年くらい前の大柴さんだと、しばらく眺めているうちに気付いた。写真の大柴さんと、目の前にいる大柴さんを比べてみる。髪が減って、その少なくなった髪は白くなって、皺《しわ》が増えて、そしてなんだか寂しそうだった。

見比べていたら、大柴さんと目が合った。

「こんにちは」

穏やかな声で挨拶されたので、頭を下げておいた。

「こんにちは」

ダイニングテーブルの椅子を引っ張り出して、セイちゃんは足を投げ出すようにして腰かけた。他人の家でここまで自然に振る舞うことのできるセイちゃんはすごいなと思った。いや、もしかすると、これはただ無神経なだけなんだろうか。

「香織も座りなよ」

「うん」

セイちゃんほど気楽になれず、いちおう背筋を伸ばして座る。

「大柴さん、歩き過ぎなんですよ。ちょっとは休まないと」

「じっとしてるのも辛《つら》いものなんだな」

「さすがは元企業戦士」

大柴さんがキッチンに入ってしまったので、ふたりはカウンター越しに話している。お互いに、まるで同年代の友達を相手にしているような感じだ。

「桜林堂《おうりんどう》のサッカーボール煎餅《せんべい》あるけど、食べるかい」

「ありがたくいただきます。香織はどうする？」

「サッカーボール煎餅って？」

「近くにJリーグのチームがあるんで、それにちなんで作ったらしいよ」

「怖いけど食べてみようかな」

三人でサッカーボール煎餅を食べた。サッカーボールみたいに、五角形と六角形を組み合わせた模様が海苔《のり》でつけてあるだけで、味はいたって普通の煎餅だった。

大柴さんもセイちゃんも、納得できないという顔をした。

「老舗《しにせ》の和菓子屋がこういうのを出すのはどうかと思うね」

「まったくですよ。商売になるのかもしれないけど、看板に傷がつきますよ」

「桜林堂、もう店を閉めちゃうらしいぞ」

「え、本当ですか」

「相続の問題って話だけど。桜林堂という名前は残すらしい。その名前を残したまま入ってくれるテナントを探してるそうだ。山崎君がなにかやってみればどうだい」

「残念ながら、手を広げる余裕はないですね」

ふたりは町の噂《うわさ》を楽しそうに話していた。不動産を持っていると、いろんなことが耳に入ってくるらしく、セイちゃんは町の裏事情にも詳しかった。そんな話はわたしにとってはすごくつまらなくて、だから壁に貼られた写真をぼんやり見ていたら、いつの間にかふたりの声が途切れていた。

「僕と妻と息子だよ」

大柴さんは言った。

「妻はだいぶ前に死んで、息子は鹿児島で銀行員をやってる」

「鹿児島ですか」

遠いですねと言ったら、大柴さんは頷《うなず》いた。

「もう五年くらい会ってないね」

息子さんとはうまくいってないらしいよと部屋を出てからセイちゃんが教えてくれた。奥さんが臨終のとき、大柴さんは仕事で海外にいた。無理をすれば帰れたのに、大柴さんは仕事を優先した。大柴さんにも言い分はある。急変するとは思わなかった。そこまで悪いとは知らなかった。

奥さんが気を遣って、病状の深刻さを伝えなかったらしい。

しかし、それでも息子さんは父親を許していない。大柴さんと息子さんの関係は完全に壊れてしまった。

「元には戻らないのかしら」

壁に貼られていた写真を思い出すと、少しだけ寂しくなった。あの写真に写っていたものは、もう消えてしまったのだ。どこを探しても見つからない。

無理なんじゃないかな、とセイちゃんはあっさり言った。

「前に大柴さんが足を悪くしたことがあって、俺が息子さんに連絡したんだ」

「なんて言ってたの」

「勝手にして下さい僕は関係ないです、だってさ。ものすごく冷たい声だった。あの声を聞く限り、どうにかなるとは思えないな」

「人は変わるよ」

少しだけ寂しくなって、わたしは言った。前を歩くセイちゃんは今、どんな顔をしてるんだろうか。

「まあな。だけど変わらないこともある」

七段下りると、踊り場だ。体の向きをくるりと変えて、もう七段。

五〇二号室の町野さん。優しいおばさんで、猫を十五匹も飼っている。部屋の床は傷だらけだし、爪研ぎされた壁や柱はぼろぼろだ。オーナーとしてみれば悲鳴を上げたくなる状況だろうに、セイちゃんはまったく気にしていなかった。

ドアを開ける前から、猫の鳴き声がたくさん聞こえていた。ドアを開けたら、それがもっと大きくなった。

大合唱だ。

にゃあにゃあ、とコンクリートで囲まれた空間に猫の鳴き声が満ちる。

にゃあにゃあ、と鳴き声しか聞こえない。

「あら、いらっしゃい」

迎えてくれたのは、六十歳をいくらか過ぎたおばさんだった。それくらいの年の女性は、たいてい髪を短くしているのに、町野さんは腰に触れる辺りまで伸ばしており、まったく染めてないものだから白髪と黒髪が混ざって銀色に見えた。とてもきれいな髪だと思った。老けたというよりも、ゆっくり時間をかけて銀髪にしていったという感じだ。

「町野さん、例の奴をお願い」

ここでもセイちゃんはまったく物怖《ものお》じしない。あっさり玄関をくぐり、どんどん奥へ向から。

町野さんの部屋は、大柴さんの部屋よりも少しだけ狭かった。

廊下を歩くわたしたちに、たくさんの猫がまとわりついてくる。ふわふわの物体が床を埋めつくしているものだから、自分の足が見えない。すねに触れる猫の毛がくすぐったかった。そのうちの一匹と目が合った。小さな黒猫で、右の目は緑色、左の目は真っ白。わたしの顔を見つめる黒猫は、確かになにかを考えていた。あるいは、わたしという人間を見抜こうとしているのか。

そんなふうに思えただけかもしれないけれど、ちょっと怖くなった。

町野さんのリビングは、すべての家具が籐《とう》製で揃えられていて、アジア風の布がかけてあり、すごく雰囲気がよかった。布の選び方がおしゃれだ。セイちゃんが勝手に腰かけたソファも籐製で、インド綿で作られたクッションがたくさん載せてある。

わたしはセイちゃんの隣に座り、クッションの表面を手のひらで撫《な》でてみた。思っていたよりも柔らかく、とても優しい感じがした。

「友人がインドにいてね。定期的に織物を送ってくれるの」

町野さんはわたしに話しかけていた。

「向こうに織物の勉強をしにいって、住み着いちゃったのよ」

「服飾関係の仕事をしていたんですか」

「わたしのこと？　友達のこと？」

曖昧《あいまい》に尋ねただけだったので、少し言葉に詰まった。

「どちらもです」

ようやくそう言うと、町野さんは大らかに笑った。

「答えもまったく同じね。どちらもよ。わたしは定年までアパレルの広報で、彼はそこのデザイナーだったわ」

彼女が身につけているのは黒いシャツとパンツだった。どちらもシンプルだけれど、ラインがとてもきれいだ。縫製によるヨレがまったくない。とてもいいものなのだろう。すっと伸びた背中が美しい人だった。

町野さんは穏やかな声でゆっくり話すけれど、その言葉には曖昧なところがなかった。言葉の輪郭がくっきりしているという感じ。ずっと昔は怖くて厳しい人だったのかもしれない。

書店で売ってる雑誌ではなく、業界向けの広報誌が本棚にたくさん並べられていて、壁には服のラフデザインが何枚も貼られている。すごいですねと決まり文句のように言うと、町野さんは服を売ってただけよと穏やかに言葉を返してきた。たいしたことではないという感じで、謙遜《けんそん》ではなく、実際にそう思っているのがわかった。

ありきたりな言葉を発してしまった自分が恥ずかしくなった。

ちょっとしたことで人は試される。

考えずに取った仕草、何気ない一言、ちょっとした手つき、そのすべてを誰かが見たり聞いたりしているのだ。ずっと気を張って生きることなんてできないけれど、それでもやはり愚かな自分は嫌だった。

町野さんと目が合うと、彼女は優しく微笑んでくれた。

「さあ、いつものを作りましょうね」

あなたも手伝って、と言われた。

「はい」

頷き、彼女と一緒にキッチンに向かう。狭いけれど、きれいに整理整頓《せいとん》されたキッチンはとても使いやすかった。それに、町野さんが揃えているキッチンツールはどれもおしゃれだから、手にするだけで嬉《うれ》しくなってしまう。

キウイ色のやたらと重たい鍋《なべ》はル・クルーゼというフランス製で、フードプロセッサーのクイジナートはアメリカのもの、手押し式のエスプレッソマシンはイタリア製だった。

「外国の調理道具っておしゃれですね」

「デザインに対する歴史と意識が違うから。でも日本にもいいものはちゃんとあるわよ。あなたが今使ってるボウルは柳宗理《やなぎそうり》という人がデザインしたものだし」

「このボウル、すごくきれい。それに軽い」

ステンレスのボウルは、ラインが滑らかだった。小さなものから大きなものまで五つあって、重ねるとまるで芸術作品のように美しい。こういう美しいものを、町野さんは時間をかけて少しずつ集めてきたのだろう。銀に染まった彼女の髪のように。

教えてもらいながら、ふたりでどら焼きを作った。

単純に思える皮の作り方も、なかなか難しい。まず卵を溶いて、砂糖とハチミツを足して、よく混ぜる。そのあと薄力粉とベーキングパウダーを篩《ふるい》にかけながら加えて、さらに混ぜる。やがて生地が滑らかになる。不思議なことに、突然、するりと感触が変わるのだ。そうしたら準備は終了だった。フライパンに広げ、こんがりとなるまで焼いて、粒あんを挟む。

粒あんはすでに作ってあった。

「これ、町野さんが煮たんですか」

「そうよ。大変なの、豆を煮るのって。たっぷりの水を使って、長い時間をかけて、ことこと煮るの。何度か煮汁を捨てて、新しい水を足して、そんなことを繰り返さなければおいしくならないのよ。食べてみて」

スプーンにすくった粒あんを町野さんが渡してくれた。銀に輝くスプーンの先に、黒いあんこが載っている。豆の形はまだ崩れきっておらず、その表面はつやつやしていた。口に含むと、甘さではなく、まず豆の香りが広がった。ああ、と言葉が自然に漏れた。

「これ、ちゃんと豆の味がするんですね」

「だって、あんこは豆なのよ。おいしいでしょう」

「はい、おいしいです」

そのちゃんと煮て作った粒あんを、焼いたばかりの皮に挟めば、どら焼きのできあがりだった。唐津焼の地味な皿にそれぞれひとつずつ盛り、冷たいほうじ茶を注いだグラスと一緒に、リビングに運んだ。

セイちゃんはどら焼きを口に運ぶと、目を輝かせた。

「うまい。俺、これが食べたいから町野さんのところに来るんですよね」

「大家さんにせがまれるから、しょっちゅう豆を煮なきゃいけないわたしは大変よ。ちゃんと味わって食べてちょうだいね」

「もちろん味わってますって」

大変だと言いつつも、町野さんは楽しそうだった。きっとセイちゃんが来るのを楽しみにしているのだろう。それにしても、本当においしいどら焼きだった。自分が作ったのだと思うと、さらにおいしく感じられる。

最後のひとかけらを大切に口へ運んだところ、

「あなたは山崎さんの恋人なのかしら」

町野さんにそう尋ねられ、どきりとした。最後の一口なのに、味がよくわからなくなってしまった。

喉《のど》に詰まったどら焼きを、ほうじ茶で流し込んだ。

「あの、えっと、従妹《いとこ》です」

誰が聞いても嘘だとわかる嘘を吐いておいた。

町野さんは、あらまあ、そうなの、と言って笑っただけで、それ以上なにも尋ねてこなかった。たぶんセイちゃんに奥さんがいることを知っているのだろう。そしてわたしが従妹じゃないこともわかっているのだろう。それでも彼女は穏やかに笑える人なのだ。

帰る前に、町野さんが猫の名前を教えてくれた。大きな虎猫は虎吉《とらきち》。小さい方の白猫はカイ、大きい方の白猫はヤマ。三毛はそのままミケ。アメリカンショートヘアはジョージ。いろんな色が混じった猫は――サビという柄だそうだ――チロリ。白黒ブチの三匹は、それぞれヒゲ、リング、パッチ。ヒゲは鼻の下に髭《ひげ》みたいな模様があって、リングは尻尾《しっぽ》に黒い輪、パッチは左目にアイパッチを当てたような柄。左目を痛めた黒猫はヨナ。大きな魚に飲まれた聖者の名だった。

「左目が悪いんですね」

足もとにやってきたヨナをわたしは抱き上げた。右目は興味深くわたしを見つめているけれど、左目はまったく動かない。なにも見えていないのだろう。

生まれつきなの、と町野さんは言った。

「だから誰も貰《もら》ってくれなくてね。わたしのところに残ったの」

「町野さんはさ、猫の保護運動をしてるんだよ」

セイちゃんが教えてくれた。

「保護運動？」

「捨て猫を見つけた人が、わたしのところに持ってくるの。それで里親、つまり貰ってくれる人を探すわけ」

「里親って簡単に見つかるものですか」

「なかなか大変ね。特に障害があると、それをわかった上で貰ってくれる人は滅多にいないわ」

健康そうに見えても、町野さんの家にいる猫は、すべてなんらかの疵《きず》を持っていた。猫エイズのキャリアだったり、足が変形してうまく歩けなかったり、目が見えなかったり。ヨナだけではなかった。

「でもね、みんないい子よ。疵を持った子は優しく育つから」

まるで自分の子を慈しむかのように、町野さんは言った。

七段下りると、踊り場だ。体の向きをくるりと変えて、もう七段。

四〇三号室には、高校生の女の子が住んでいる。やけに馴《な》れ馴れしくセイちゃんと彼女が言葉を交わすものだから、いろんなことを考えてしまった。浮気する男は何度も浮気を繰り返すと女性誌に書いてあった。同時並行もあるだろう。

お金持ちのセイちゃんは、女子高生にだってモテるかもしれない。

「なに、彼女なの」

わたしのことを尋ねられたセイちゃんは苦笑いした。

「そうだよ。きれいな人だろ」

聞いているこちらが恥ずかしくなるようなことを、平気で口にする。

「悪い人だよね、山崎さんってさ。奥さんにばれないように気をつけなよ」

「わかってるって」

彼女はわたしの方を向くと、言葉遣いをいきなり変えた。

「騙《だま》されないよう気をつけて下さいね」

「自信ないけど、頑張ってみるわ」

どうしていいかわからず苦笑い。

「お金だけは持ってるから、思いっきり高いものをねだっちゃえばいいじゃないですか。ヴィトンとかいっぱい買ってもらえば、たとえ別れても、売れば損しないし」

親切なのか、無神経なのか、どうにもよくわからない……。

「あの子とはなんにもないよ」

歩き出してからセイちゃんは言った。じっと顔を見てみたけれど、嘘か本当かわからない。男の嘘を見抜けるようなら、そもそもこんなことになっていないか。

「店子《たなこ》には手を出さない主義なの」

「違う違う。彼女さ、面食いなんだよね。ジャニーズみたいなのが好きなんだってさ。だから俺なんて眼中にないらしい。それに女子高生はさすがにまずいだろう。捕まっちゃうよ」

「残念ね」

「うん、本当に残念だ」

冗談っぽく言って、その話はもう終わり。疑っても仕方ないし、もし彼女となにかあったとしても責められる立場じゃない。

「彼女、ここに家族と住んでるの」

「違うよ。ひとり暮らし」

「高校生の女の子が？　ひとりで？」

うん、とセイちゃんは頷《うなず》いた。

「親が離婚してて、そのどちらからも放り出されたらしい。部屋をあてがって、あとは勝手に生きていけってことなんじゃないかな。俺としては家賃を貰えれば文句ないけどね」

セイちゃんと寝てないからといって、彼女が貞淑というわけではなかった。それどころか、何人もの男の子が、彼女の部屋に出たり入ったりしていた。三人か四人は同時並行で付き合ってるはずだ。

七段下りると、踊り場だ。体の向きをくるりと変えて、もう七段。

三〇二号室の手塚さんは最初から最後まで誰かの悪口を言っていた。政治家やら有名人やらを罵《ののし》り、山崎第七ビルの他の住人を蔑《さげす》み、さらにセイちゃんへの文句も口にした。だいたいあんたは才覚がない。なにかを生み出すことなんてできやしない。持ってるだけだ。あんたはもっと苦労した方がいい。でないと人間が間違ってしまう。若いころは苦しむべきだ。反吐《へど》を吐け。それで一人前だ。どれもよくある決まり文句だったけれど、それゆえにいくらかの真実を含んでいて、いちいち頷くセイちゃんはそのことをちゃんとわかっているのかもしれないと思った。最後に手塚さんはわたしにもたくさん文句を言った。こんなことをしてちゃいけない。彼のようにいい加減な男のそばにいたらあんたも駄目になる。ヒビだらけのコップだ。水を入れたら入れただけ漏れる。コップはすぐに空っぽだ。

「あんたはまだ始まっていない。これからだ」

わたしを見つめながら、手塚さんは言った。まったく瞬きをしないものだから、とても怖かった。少し変わった人の目だったのかもしれないし、真実を語る人の目だったのかもしれない。わたしを蔑んでいたのかもしれないし、哀れんでいたのかもしれない。

集金を終えると、エレベーターに乗った。立っているだけで、最上階に戻った。

山崎第七ビルに住む人はみんな、なにかが欠けていた。幸せでたまらないと口にする人は誰もいなかった。それぞれが自分の痛みを見つめ、抱え、まあそれもしょうがないかと生きているような人ばかりだった。

「訳ありの人ばかりが集まっちゃうのには理由があるんだよ」

キノコを日向《ひなた》に干しながら、セイちゃんは言った。

「たとえば町野さんは身寄りがひとりもいないわけ」

「誰も?」

「そう、誰も。町野さんは子供を作らないまま離婚してるし、あの年だから親はもう死んでる。親戚《しんせき》は遠くに住んでて、そもそも仲が良くない。つまり部屋を借りようとしても保証人がいないわけ。普通、保証人がいないと大家は部屋を貸さないんだよな。だけど、うちは親父の借金騒動とバブル崩壊で借り手を選べない時期があって、それから訳ありの人ばかり集まるようになっちゃったんだよ」

窓際に敷かれた新聞紙の上に、キノコがいっぱいに並ぶ。シメジ、ヒラタケ、シイタケ、エリンギの四種類。ボウルに入っていたキノコをすべて干し終えると、セイちゃんはそのまま日向に寝転んだ。まるでセイちゃんも日干しされてるみたいだ。

「どうしてキノコを干すの」

うまいんだよ、とセイちゃんは言った。

「そのまま食べるのとは、まったく違う味になるんだ。味が凝縮されるっていうか。干したキノコを煮ると、ダシを入れなくても、キノコの旨《うま》みだけで十分なんだ。今度作ってやるよ」

「だからセイちゃんも干されてるの」

「そう、うまくなるようにね」

下らないことを言って、彼は笑った。わたしはふかふかのソファに腰かけ、日向にいるキノコとセイちゃんをぼんやり眺めていた。

大柴さん、町野さん、あの女子高生、手塚さん、そしてわたし。山崎第七ビルに集まってきた人たち。

わたしたちはこれからどうなるんだろうか。

大きなスピーカーから、そっと音楽が流れていた。なんという曲なのか、クラシックに疎いわたしにはわからないけれど、心がとても落ち着く。空間に漂う音符を捕まえられそうだ。真夏の日差しは強く、床に窓枠の影が落ちていた。定規で引いたようにくっきりしている。わたしはその線に近づいて触れてみた。当たり前だけれど、影に触れている感じはまったくしない。

なにしてるのとセイちゃんが尋ねてきたので、今度はセイちゃんに近づき、彼の影を撫《な》でてみた。セイちゃんはいつの間にか体を横に向け、頭を右腕で支えていた。その右腕の影を撫でる。滑らかなラインをなぞる。やっぱり影に触れている感じはまったくない。影のラインを撫でているのだと言うと、セイちゃんはへえと頷いた。おまえは変わった女だな。

「みんな、どうなるのかしら」

「みんなって？」

「大柴さんとか町野さんとか手塚さんとか」

それに、と思う。わたしとか。

「しばらくはこのままだろうな。だけど、やがて大きな病気をしたり、誰かと恋に落ちて結婚したりするよ。ある人は意気揚々とここを出ていくけど、ある人はここでなにもかも終えるだろう」

わたしはどちらなんだろうか。

「大家って大変だね」

「ようやく俺の苦労をわかってくれたか」

セイちゃんは大げさに言って、大げさに笑った。日溜《ひだ》まりにいるせいか、もともと色の薄い瞳《ひとみ》が、さらに薄く見えた。

彼が手を伸ばしてきて、わたしの髪を撫でた。

「香織の髪はちょっと癖があるな」

「うん、だから雨が降ると大変なの」

4　夜を歩く

起きたらもうすっかり夜で、セイちゃんの姿がなかった。押し入れをするりと抜け出し、セイちゃん、セイちゃん、と名前を呼びながら広い家のあちこちを捜してみたけれど、ただ沈黙が積もるばかり。どこかに出かけているらしい。

しばらく誰もいない部屋でぼんやりしていたものの、なんだか息苦しくなってきたので出かけることにした。パジャマを脱ぎ捨て、選んだ服に着替える。

リビングの、やたらと大きい鏡の前で一周。ラフだけど、花柄のシャツのおかげでちゃんとかわいさもある。

まあ、合格かな。

髪がだいぶ長くなってきた。そろそろ切ってもいいし、このまま伸ばしてもいい。どうしようか。

ふわふわ揺れる髪のことを考えながら家を出た。夜の町は静まり返り、人の姿はまったくない。街灯のぼんやりした光だけが、町を照らしている。肌に触れる空気は生ぬるく、湿気をたっぷり含み、いつもより粘度が高い感じがした。雨が近づいているのかもしれない。見上げた空に星はなく、厚い雲が隅々まで埋めつくしていた。

ゆっくり、歩く。どこまでも、歩く。

セイちゃんとの生活が、いつまで続くんだろうか。仮の新婚生活ではなく、彼との関係のことだ。ふと、セイちゃんの前に付き合っていた人のことを思い出した。初めて本当に好きになった相手で、今になってみると、ひどく自分勝手な男だった。いろんなことを押しつけてきて、わたしが言うことを聞かないとすぐ不機嫌になった。あのころはわたしも若かったから、彼に嫌われるのが怖くて、言葉に従うことばかり覚えていった。

彼との生活が輝いていたときもあった。もしかすると安っぽい輝きだったのかもしれないけれど、それでも確かにぴかぴかと光っていた。その輝きは消え失《う》せ、二度と戻ってこない。なのに今でも彼の家の電話番号を覚えている。なぜだか、いつまでたっても忘れられないのだ。

やがて闇の中に電話ボックスが見えてきた。十桁《けた》の数字が頭に浮かぶ。あのボックスの扉を開け、お金を入れて、十桁の数字を押せば彼が出るかもしれない……。

そのまま電話ボックスを通り過ぎた。

終わってしまったんだ、昔のことだ、と頭の中で何度も繰り返した。

どうして人間はこんなにも愚かなんだろう。

「悲しくなんかない」

そう言ってみる。

「今はセイちゃんが好き」

街灯が近づくと、わたしの背後に影が伸びた。街灯の真下まで行くと、影は足もとに縮こまる。そのとき、影はいっそう濃くなる。さらに歩くと、影はわたしの前に伸びた。進むたびに影は薄く、そして長くなってゆく。

わたしは、わたしの影を追いかけながら、あるいは追いかけられながら、ひたすら歩き続けた。

少し歩き疲れたころ、コンビニエンス・ストアが見えた。わたしの足は、自然とそちらに向いていた。

雑誌を何冊か立ち読みし、新しいお菓子が出てないかチェックしたり、化粧品を見たりしたあと、お腹が減っていることに気付き、カップラーメンを手に取った。そういえば起きてからなにも食べていない。

レジにいるのは、わたしより年下の男の子だった。まだ大学生だろうか。黒縁の眼鏡をかけていて、髪をワックスで丁寧に整えている。

彼はわたしをちょっと見たあと、品物のバーコードを機械で読み取った。

「百六十二円です」

「あ、はい」

頷《うなず》いてから、気付いた。財布を持ってきていない。

なにを着るか考えてばかりいたし、ちょっと歩くだけのつもりだったので、財布のことを忘れていた。

ものすごく恥ずかしかった。まるで子供みたいだ。お金も持たずに買い物するなんて。大人とは思えない。情けなさと恥ずかしさで顔が赤くなった。すぐごめんなさいと謝ればいいのに、言葉が出てこなかった。

男の子が困った顔をした。

「すみません」

どうにか言ったものの、あとの言葉が続かない。

男の子が、さらに困った顔になる。

焦っていると、レジにもうひとつ、カップラーメンが置かれた。そして五百円玉も置かれる。まるで将棋の駒を指すような感じで、ぱちりと、五百円玉はやけにいい音を立てた。

びっくりして横を向いたら、背の高い女の人が立っていた。

「ねえ、睦月《むつき》」

レジの男の子に向かって、彼女が口を開く。どうやら知り合いらしい。

「わたしのと合わせて精算して」

「いいのかよ」

「ほらほら、バイト君は早くレジを打ちなさい」

おまえ態度でかいなあと言いつつ、彼はレジを打ち直した。びっくりしたまま、彼女を
また見ると、微笑みが返ってきた。

「奢《おご》るわけじゃないからね」

彼女は言った。

「そのうち返してね」

閉じた蓋《ふた》の隙間から、湯気がのんびり上がっている。コンビニの光を受けて、湯気はまるで輝いているみたいだった。けれど十センチも上がらないうちに、すぐ消えてしまう。闇に紛れ、二度と戻ってこない。

「ありがとうございました」

ちゃんとお礼を言って、わたしは頭を下げた。こんなにしっかりお礼を口にするのは久しぶりだなと思った。

「いいのよ」

彼女はなんでもないという感じで右手を振る。その指に挟まれている煙草が、闇に赤い

線を描いた。

お金を出してくれた女の人は、弥生《やよい》と名乗った。

弥生さんはTシャツに細身のジーンズといったラフな恰好《かっこう》をしており、明るい色に染めた髪にはパーマがあててあった。細めのロッドでしっかり巻いた感じだ。よく焼けた肌や、派手なアクセサリーの付け方からすると、黒人女性を意識してるのかもしれない。

わたしたちは、コンビニの駐車場の端にいた。わたしは右後輪の車止めに、弥生さんは左後輪の車止めに、それぞれ腰を下ろしている。わたしたちのあいだには、お湯を注いだカップラーメンが三つ並んでいた。なぜ三つかというと、レジの男の子も一緒にいるからだ。お腹が空《す》いたらしく、彼は自分のためのカップラーメンを買って、わたしたちについてきたのだった。

助かりました、とわたしは言った。

「まさか財布を忘れちゃうなんて。子供みたい」

弥生さんはくすくす笑う。

「まあ、そういうこともあるわよ」

いくつかな、と考えた。わたしより年上だけれど、三十は超えてない。そんなところだろうか。

「どうしたの」

　ずっと顔を見ていたら、弥生さんが尋ねてきた。

「最近、今まで会うはずのなかった人たちによく会うなあって思ってたんです」

「いろいろ重なる時期ってあるんですよね」

　睦月君がようやく口を開いた。

「俺、そういうのって、なにか意味があるんだと思いますよ」

　そうなのよねえ、と弥生さんは頷いた。

「運命なんて言っちゃうと嘘臭いけど、いろいろなことが重なる時期って確かにあるわね。いいことが重なることもあれば、悪いことが重なることもある。本人にはどうにもできないのよ。翻弄《ほんろう》されるだけでね。わたしが香織ちゃんを助けたのだって、もしかしたらそういう大きな流れのひとつなのかもよ。だってわたし、普段は誰かにお金貸したりしないもの。他人には無関心な都会の大人だしさ」

　なんて言ってるけれど、この気軽な感じだと、誰にでも貸していそうだ。

　彼女が煙草を咥《くわ》えると、その先が強く光った。メンソールの香りが漂ってくる。赤い光をぼんやり見ていたら、一本あげようかと彼女が言った。

　わたしは首を振った。

「いいです。煙草は吸ったことないんで」

「ああ、そうなんだ」

煙草の先が、また赤く光る。

「こんな夜中にふらふらしてるから、悪い女だと思ってた」

「わたし、真面目ですよ。煙草はやらないし、お酒もそんな飲まないし。あ、でも、人の家を乗っ取ってる最中です」

「やっぱり悪い女だ」

茶化すように、睦月君が言う。

「そうかも。悪い女かも」

わたしたちは声を合わせて笑った。弥生さんの笑い方は独特で、まるでくすぐったがっているような感じだ。こちらまで、なんだかくすぐったい気持ちになる。それはちっとも嫌な感じではなかった。

「ラーメン、そろそろ食べられるんじゃないかな」

弥生さんはそう言いながら煙草を消した。大ざっぱな性格に見えるのに、煙草の消し方は丁寧だ。ちゃんと携帯灰皿まで持っている。

薄闇の中、わたしたちはラーメンをずるずる啜《すす》った。

「煙草吸ったあとに食べると飯まずいだろ」

睦月君の言葉に、弥生さんは頷いた。

「まあね。待ってる時間があると、つい吸いたくなっちゃうのよ」

「煙草、やめたら」

「やめたいんだけど、これがなかなか」

弥生さんと睦月君は気楽な感じで話していた。試しに恋人なんですかと尋ねてみたら、弥生さんは意味深に笑った。

「おまえな、否定しろ」

睦月君は不機嫌に言ってから、わたしに顔を向けた。

「名前でわかると思うけど、血の繋《つな》がった姉ですよ」

なるほど。言われてみれば確かに似た顔をしていた。目や唇といったパーツは全然違っているのに、すべてが組み合わさると印象が重なる。不思議なものだと思いながらラーメンを啜り、やっぱり似てますねと言ったら、ふたりは揃ってため息を吐いた。

「恋人だってことにしておけばおもしろかったのに」

「俺はおもしろくないね」

「そういうことを言うとお姉ちゃんは傷ついちゃうな」

「勝手に傷ついてろ」

優しそうな青年なのに、睦月君は平気できつい言葉を放っている。お姉さんの方は、けれど本当に傷ついてる様子はなく、ただ楽しそうに笑うばかり。

ああ、ふたりはやっぱり姉弟なんだなと思った。からかって遊ぶ姉の余裕、振りまわされている弟の困惑。同じ家で育ち、同じものを食べ、同じ空気を吸ってきたからこそ、なにもかもが許される。

「夜中のラーメンってうまいな」

「そうね。おいしいわね」

「ごちそうさまです」

少しおどけて、わたしは頭を下げた。

「だから奢ってないわよ。ちゃんとお金返してね」

律儀に弥生さんは突っ込んでくれる。

「姉ちゃん、カップラーメンくらい奢ってやれよ」

「そんなこと言うなら、あんたが奢りなさいよ。男なんだし、女には優しくしておくべきだと思うな。香織ちゃんも男の子に奢られた方が嬉《うれ》しいでしょう」

尋ねられたので、はいと頷《うなず》いておいた。

「ほらね」

睦月君は聞こえない振りをしてラーメンを啜っている。

それにしても、まったく知らない人たちと夜中のコンビニの駐車場でラーメンを食べることになるとは思わなかった。セイちゃんちに来てから、びっくりするようなことばかり続いている。

「乗っ取り中って言ってたけど、今どこにいるの」

「彼のところです」

「どういうこと。彼の家を乗っ取ってるの」

「彼の奥さんが里帰り出産でいないんですよ。だから、そのあいだにわたしが」

来てる？　押しかけてる？　それとも呼ばれた？

はっきり言わなくても、ちゃんと伝わったようだった。弥生さんも睦月君も困った顔になって、ラーメンを食べている。どうしていいかわからず、わたしも同じようにラーメンを啜った。

よく考えてみれば、人に言うようなことじゃなかった。だって、ものすごくいけないことをしてるんだから。

わたしはただセイちゃんと一緒にいたかっただけ――。

そんな理屈は世間に通用しない。誰が聞いたっておかしな話だ。間違ってるのは、わたしとセイちゃんに決まってる。

五分くらいでラーメンは食べ終わってしまった。

「香織ちゃん、これ」

横を見ると、弥生さんは五百円玉をつまむように持っていた。

「喉《のど》が渇いたから、飲み物を買ってきて」

「わたし、炭酸入ってて、甘い奴ね。銘柄はなんでもいいから。自分の分も買ってきていいわよ」

「あ、はい」

「いいんですか」

「飲み物は奢《おご》りよ、奢り」

わざとらしく胸を叩《たた》く。少し重くなった雰囲気が、それで消えた。じゃあアイスクリームも買おうかなと呟《つぶや》きながら、わたしは店の入り口に向かった。プレミアムアイスで、一番高くておいしい奴にしようっと。

慌てたように、弥生さんが言う。

「アイスは自腹ね！　ちゃんと返してもらうわよ！」

はあい、と笑って返事をしておく。レジ係でしょ
「睦月、あんたも行きなさい。レジ係でしょ」

「わかってるって」

人の気持ちなんて、おかしなものだ。なんとなく気まずくなったり、それを拭《ぬぐ》おうとおどけてみたり。ちょっとしたことで、くるくると入れ替わる。とにかく今は、気遣ってくれた弥生さんと睦月君の気持ちが嬉しかった。

飲み物だけ買って店を出ると、弥生さんはまた煙草を吸っていた。

「ヘビースモーカーなんですね」

ジュースのボトルを渡したら、弥生さんは咥《くわ》え煙草のまま受け取ったくせに、ちゃんとありがとうと礼を口にした。奢ってもらったわたしの方が、本当は礼を言わなきゃいけないのに。こういう小さなところにこそ、育ちが出る。弥生さんと睦月君はきちんとした家で育ったんだろう。

弥生さんはたくさんジュースを飲んだ。わたしも冷たい紅茶をたくさん飲んだ。

「ラーメンって喉が渇きますね」

「塩分多いからね」

体に悪いものばっかりだなあ、と弥生さんは嘆いた。

「しかも夜中だし。困ったなあ。太るなあ」

「ああ、太りますねえ」

揃ってため息を吐く。おいしいものって、なぜ太りやすいのだろう。

ふたりで愚痴っていたら、余裕の表情で睦月君が言った。

「俺、太らないんだよね。体質的に。だから全然平気」

弥生さんと一緒に彼を責めた。デリカシーがない。優しくない。そんなんじゃ女にモテない。女ふたりでさんざん罵《ののし》っておいた。

ふて腐れて黙り込む睦月君はけっこうかわいかった。

家に帰ると、セイちゃんも帰っていた。ソファに寝転がり、ぼんやり天井を眺めている。市議会議員の選挙が近づいているせいで、ここのところセイちゃんは疲れ気味だ。彼が立候補してるわけではないのだけれど、いろいろなしがらみから、ある候補の後援活動をしているのだった。

町を歩いていたら、セイちゃんがポスターを指差したことがあった。

「この人が俺たちの御輿《みこし》」

なんの変哲もない選挙ポスターで、だいぶ髪の薄くなったおじさんがにこやかに笑っていた。

セイちゃんはその隣のポスターにも目をやった。

「で、こっちが敵の御輿」

やっぱり髪の薄いおじさんだ。その二枚のポスターは似ていた。よく見ないと区別がつかないくらい。市長選ならともかく、市議会議員選挙で敵とか味方とかあるのがよくわからなかった。たったひとりを選ぶわけではないのに。

「実質的にこっちと向こうは一騎打ちなんだよ。地盤が重なってるから、当選するのはどちらかひとりだけ。共倒れも十分あり得る情勢ってとこかな。叔父貴《おじき》たち、すごくぴりぴりしてる。事務所にいるだけで疲れるよ」

スーツを着たままのセイちゃんは、ぐったりしていた。歩み寄ると、わたしはスーツの上着を脱がせてあげた。

「皺《しわ》になっちゃうよ。ほら、腕を抜いて」

「ああ、ありがとう」

新婚気分が蘇《よみがえ》ってくる。

「ネクタイ、緩める？」

「頼む」

世話女房のように、彼のネクタイを緩めてあげる。男に尽くすのって、どうしてこんなにも楽しいんだろう。

自らの愚かさに嘆息しつつ、どこかにちゃんと喜んでいる自分がいた。

「香織はどこ行ってたんだ」

「散歩よ。コンビニでラーメン買って食べてきた」

「あ、ラーメンか。いいな」

セイちゃんの声が元気を取り戻す。

「お腹が空《す》いてるの？」

「ラーメンって聞いて、空いてることに気付いた」

「じゃあ作ってあげようか」

「マジで？　俺、期待しちゃうよ？」

「任せなさい。おいしいのを作るから」

「お、やった」

セイちゃんは嬉《うれ》しそうに笑った。だから、こちらも嬉しくなってしまう。わたしの作るラーメンはおいしいぞと大げさに言いつつ、キッチンに向かった。こうして誰かに食べ物を作ってあげるのはとても楽しい。誰かのために作ってあげること。その誰かが食べてくれること。すべてが嬉しい。

「うまい」

ラーメンを一口食べると、セイちゃんは大きな声で言った。

「ちょっと感動するな」

「手をかけたから」

ただのインスタントラーメンなのだけれど、ちゃんと具を作ったのだ。たっぷりの野菜と挽《ひ》き肉を炒《いた》めて、スパイスなんかも効かせてあったりする。

「俺は香織の作ったラーメンが一番好きだな」

セイちゃんはこういうことを平気で口にする。

照れながら、わたしは言った。

「わたしにも食べさせて」

「いいよ、ほら」

渡された丼《どんぶり》から啜《すす》ったラーメンは、少しだけ辛かった。

「ごめん、セイちゃん。これ、辛いね。具を炒めるときに塩を入れすぎたかも」

「いや、十分にうまいって」

ひたすら褒めてくれるセイちゃんの優しさが嬉しい。

なのに、ふと不安になった。

さっき出会った姉弟なら、たぶん文句を言い合うだろう。このラーメンは辛いと平気で口にするだろう。それでもふたりはラーメンを食べ続けて、まあなんとか食べられるね次は失敗するなよなんて言ったりするのだ。

ああいう本音のやりとりは、わたしたちにはできない。

変な方向に流れてしまう自分の心が怖くて、わたしは明るい声を出した。

「今日ね、いい人に会った」

「へえ、そうなんだ」

こんなに呑気《のんき》なセイちゃんに嫌な思いを抱きたくない。だって今は幸せいっぱいの新婚生活真っ最中なんだから。

「わたしより年上だけど、かわいい人だったたな。理想の年上って感じだった。あんな女の人になれたらいいいな」

「香織は香織らしく年を重ねるよ」

ラーメンを啜りながら、セイちゃんは言った。たぶん正しいことを言った。

5　ハナちゃんとビスケット

山崎第七ビルを一歩出た途端、強い日差しに打たれた。まぶしさに目をすがめ、熱い息を吐く。光の強さに、世界はむしろ色を失っていた。灰色のコンクリート塀も、黒いアスファルトも、喫茶店の赤い看板も、なんだか霞《かす》んでいる。他の誰かが見たら、こうして突っ立っているわたしだって、同じように霞んでいるのだろう。

植え込みの中に猫が横たわっていることに気付いた。

日差しを避けているらしい。

植え込みに近づき、ご飯と声をかけたところ、猫の耳が少し動いた。赤い首輪をしているので、野良ではなく、誰かに飼われているようだ。ご飯ご飯と繰り返すと、やがて猫は体を起こし、こちらにやってきた。

残念なことに食べ物はなにも持っていない。悪いことをしたなと思いつつ、その体をそっと撫《な》でた。細い背がしなやかに伸びる。猫は気持ちよさそうだし、わたしも気持ちよかった。大丈夫かなと思いつつ抱き上げると、猫はあっさりわたしの腕に収まった。抵抗する様子もなく、体を預けてくれている。

目を覗《のぞ》き込むと、茶色の瞳《ひとみ》にわたしが映っていた。

そうして猫を抱いていたら、いつの間にか子供たちに囲まれていた。子供たちは大きな声を出し、猫だ猫だ触らせてと騒ぐ。子供はエネルギーの塊だ。その強さと勢いに圧倒されてしまう。

怖がらせないようにねと言いながら、猫を子供たちに見せた。けれど彼らは我先に手を伸ばして猫に触ろうとする。びっくりした猫はわたしの腕から飛び出し、ふたたび植え込みの中に逃げてしまった。

子供たちは駆け出し、体をぴったり寄せ合って、植え込みを覗いた。

手を伸ばして触ろうとしている子もいる。

「ねえ、怖がってるから、そっとしておこう」

声をかけたら、ひとりの女の子が顔を上げた。

「あの猫、お姉さんの」

「違うよ。他の人が飼ってる猫だと思うよ」

「なんでお姉さんは触れたの」

強い目をした女の子だった。たぶん、このグループのリーダーなのだろう。態度がはっきりしているし、物怖《ものお》じしない。そしてやたらと愛想がよかった。媚《こ》びた笑みを浮かべている。

わかりやすいな、と思った。

まだ子供だから大人に媚びているのを隠せていない。わたしくらいの年になると、好意なのだと相手に感じさせる工夫をする。この子はきっと友達には強い態度を取るのだろう。けれど、わたしのような大人には愛想がいいのだろう。

「そっと触るの。怖がらせなければいいのよ」

しばらくしたころ、髪の長い女の子が、ねえ行こうよとリーダーの子に言った。やけに小さな声だ。それから彼女は通りの向こうに目をやった。ふたりの女の子はなぜかそろりそろりと足を動かし、しばらくしてから急に駆け出した。軽やかな足取りは、まるで子鹿のようだ。

角を曲がってしまったので、子鹿たちの姿は見えなくなった。

残されたのは、たったひとりきり。水玉のワンピースを着た女の子だけだ。彼女は猫に夢中で、友達が行ってしまったことに気付いていない。

ああ、なるほど。仲間はずれにされたわけだ。

水玉の背中を見つつ、さっきの光景を思い出した。ねえ行こうよ、と髪の長い女の子は言った。あの子を置いてけぼりにしようよ、ということだったわけだ。リーダーの子の、大人に媚びる笑顔は確かに怖い。人の醜さを、あの年ですっかり備えている。けれど、髪の長い女の子は、そんな彼女をコントロールしていた。支配される振りをしながら、実は支配していた。

「ねえ、行こうよ」

女の子の声が蘇《よみがえ》り、途端に背中が寒くなった。

こんな短いあいだに、いろんなものを見てしまった。子供のそれは、隠されていない分、とても強い。そして鋭い。

子鹿は小さな足でいろんなものを踏みつけている。

「出てきた？」

水玉の背中に歩み寄り、声をかけた。

彼女はそっと首を振った。そしてようやく、自分がひとりきりになってしまっていることに気付いたようだった。慌てて辺りを見まわして友達を捜すけれど、その視線はなにも捉《とら》えられない。

たぶん初めてではないのだろう。

事情を悟った彼女は、両腕をぶらんとさせながら立ち尽くした。

「ねえ、教えてあげようか」

わたしを見上げる彼女の目は、少し潤んでいる。

「猫にはね、ご飯って言うといいんだよ」

「ご飯……」

「外で生きてる猫って、誰かから餌を貰《もら》ってることが多いんだって。そういうとき、ご飯をあげるわねなんて言われてるわけ。だから、ご飯って言葉に自然と反応するの。おいしい餌を貰えると思っちゃうのね」

それは町野さんに教えてもらったことだった。

ほら試してみて。そう言って、わたしは彼女の肩に手をかけた。彼女は友達を捜そうかと一瞬迷ったものの、諦《あきら》めてわたしの言葉に従った。しゃがみこみ、ご飯と口にする。茂みに隠れた猫が、その顔を動かした。辛抱強く粘ったおかげで、彼女は猫に触ることができた。

背中を撫でられた猫はとても心地よさそうに目を細め、撫でる女の子はとても嬉《うれ》しそうに笑った。


「ああ、それってハナちゃんだよ」

昼間のことを話すと、セイちゃんが教えてくれた。

「吉田さんの娘」

「え、吉田さんって独身じゃないの」

「独身だよ」

あっさり頷《うなず》いたセイちゃんは、ボウルいっぱいの生クリームを泡立てていた。電動式の泡立て器は、軽い唸《うな》りを発しながら、ぐるぐるまわっている。

ふんわりと盛り上がったクリームを指で掬《すく》い取り、セイちゃんは舐《な》めた。

「あともうちょっとかな」

「独身なのに子供がいるの？　離婚したとか？」

「未婚の母って奴らしいよ。不動産屋が確かそんなこと言ってた。それでなかなか部屋が借りられなくて、うちに来たんだけど」

「未婚の母か」

ため息を吐くような感じの声が出ていた。それはすごい。

「どういう事情なんだろうね」

「今度会ったときに聞いてみれば」

「そんなの悪いよ。失礼だし」

大丈夫大丈夫、とセイちゃんは言う。

「吉田さんは大ざっぱな性格だから気にしないって。聞けば、なにからなにまで教えてくれると思うよ。女同士だし、話しやすいだろう」

「そうかなあ」

「これ、味見してみて」

セイちゃんが伸ばしてきた指に、たっぷりの生クリームが載っていた。指ごと咥《くわ》えると、生クリームが口の中でふわりと溶けた。とても甘かった。

「ううん、甘すぎるかも」

「やっぱりそうか。失敗だ。砂糖を入れすぎた」

言いながら、セイちゃんは生クリームをスポンジケーキに塗りたくった。失敗したのでどうでもよくなったのか、かなり大ざっぱに塗っている。そのスポンジは昨日彼が焼いたものだった。一晩置くと生地が落ち着くのだそうだ。

「さて食べるか。香織はどうする」

「食べる」

「この食いしん坊め」

「セイちゃんだって」

下らないことを言い合いながら、わたしたちは丸いケーキに直接フォークを刺し、もりもり口に運んだ。汚い食べ方だけれど、とても楽しかった。

ケーキをワンホール切らずに食べるなんて初めてだ。

「あれと似てるね」

「なんだよ、あれって」

「スイカを丸ごと全部食べたいって言う人がいるでしょう。豪快に丸ごとかぶりつきたいって」

「ああ、いるな」

「そのケーキ版って感じ」

「そういうことか。でも甘すぎるから全部は食べられないな」

「うん、無理だね。もう気持ち悪くなってきた」

結局、ふたりがかりでも半分しか食べられなかった。残りのケーキはそのまま冷蔵庫に入れられた。

「食べすぎたな」

「甘いものって、つい食べちゃうんだよね」

「腹一杯だよ」

しばらくしてセイちゃんの携帯電話が鳴った。番号を確認した彼は、わたしをちょっとだけ見たあと、携帯電話を持って寝室へ歩いていった。奥さんからの電話なのだろう。ぱたんとドアが閉じられ、セイちゃんは寝室に消えた。

ああ、大丈夫。なんとかやってるよ。だけど侘《わび》しいもんだな、ひとりきりの生活って。早くおまえに帰ってきて欲しいよ。体はどう。え、そんなに動くのか。いいなあ、俺も触りたいよ——。

彼は聞こえてないと思っているのだろうけれど、しっかり聞こえていた。優しい言葉、労《いたわ》る言葉、甘い言葉がたっぷりだ。さっき食べたケーキに塗られていた生クリームのよう。

セイちゃんは奥さんのことを愛してる。

前から知ってることだ。

俺には過ぎた女だよと言っていた。

だったら、なぜわたしと付き合ってるんだろう。彼はわたしにも愛してるよと言う。好きだよと言ってキスしてくれる。その言葉だって嘘じゃないはずだ。そう思いたいだけなのかもしれないけれど……。

漏れてくる声を聞きたくなくて、わたしは押し入れに向かった。よいしょと上の段に潜り込む。積み上げられた布団。ざらざらした壁。襖《ふすま》を閉めると、闇がすべてを包む。もう声は聞こえてこない。

わたしだけの場所。押し入れ。

セイちゃんの言う通り、吉田さんは気を悪くすることなく、なにからなにまで教えてくれた。

「ひどい男だったのよね」

彼女の足もとでサハがぐるぐる歩きまわっている。早く散歩に行きたいのだ。エントランスを出ようとしたところでわたしが声をかけたものだから、サハはじれったくてしょうがないらしい。

「でも大好きだったの」

「あの、散歩、行きましょうか」

サハがかわいそうなので、そう提案してみた。吉田さんは頷き、わたしたちは揃って山崎第七ビルを出た。

サハは軽やかに歩いている。

動物っていいなと思った。嬉しいとか楽しいを隠さない。

「とにかくひどい男だったのよ」

「ハナちゃんのお父さんですか」

「とんでもない女たらしでね。わたしの他にも付き合ってる女がいたの。本当にいい加減な人だったから、会う時間をずらすとか留守番電話のメッセージを消すとか考えないのよね。相手の女と、彼の部屋で何度も鉢合わせしたわ。部屋に入るとね、あのあとの匂いがするの。わかるでしょう」

セックスということだろう。わかります、と慎重に頷いておいた。

「そうなったら修羅場よ。悪いのは彼なんだけど、なぜだか相手の女と喧嘩《けんか》になっちゃうわけ。髪を引っ張り合ったり、つねったりね。女の喧嘩って本当に情けないわよ。男の人が羨《うらや》ましいな。思いっきり殴り合ったりしてさ。わかりやすいもの」

殴られるのは痛いし、全然羨ましくないけどな。

そう思ったものの、とりあえず頷いておいた。電柱の根本に顔を寄せたサハは、たっぷり匂いを嗅《か》いでから、自分のおしっこを引っかけた。

片足を上げている姿が、とてもかわいい。

「今になってみると、わたしと彼女はきっと似てたのよね。だから同じ男を好きになって、あんなに張り合っちゃったのよ。わたしも相手も気が強くってね。負けたくなかったな。勝つためなら、なんでもするつもりだった。結局、なんでもしちゃったんだけど」

「なんでもって？」

「子供を作ったら、勝ちだと思ったのよね。それって、究極でしょう。子供を産んだら、彼だってわたしと結婚するしかないじゃないの。安全日だって嘘をついて、避妊しなかったの。妊娠テストで陽性が出たときは大喜びしちゃった。これで勝ったって思った」

当時の感情が蘇《よみがえ》ってきたのか、吉田さんは鼻息が荒かった。なんだか得意気な感じだし。

けれど数秒後にいきなりしゅんとなった。

吉田さんはサハと同じくらいわかりやすい。

「駄目だったんですか」

尋ねると、しゅんとしたまま頷《うなず》いた。

「十日、負けたのよね」

「え？　十日？」

「わたし、生理の周期が三十八日なの。普通よりだいぶ長いのよ。それでライバルの女の方は二十八日周期。つまり十日違うわけ。その十日の差で負けちゃった」

びっくりして吉田さんを見上げたら、彼女は真剣な顔をしていた。はあ、なんてため息まで吐いている。

「彼女も妊娠したの。わたしより十日早くね。わたしの妊娠がわかったとき、向こうはもう彼と結婚の約束をしちゃってたわけ。ひどいと思わない？　たった十日の差で負けるなんて。悔しくて悔しくて、丸一日ご飯が食べられなかったわよ」

「すごい。子供を作ってまで奪い合うなんて」

「馬鹿みたいでしょう」

くすん、と吉田さんは笑った。

自分を笑ってるようでもあったし、その愚かさを諦《あきら》めているふうでもあった。いったいどちらなんだろうか。

サハに引っ張られ、わたしたちはどんどん歩いていく。郵便局のある通りを越え、公園のそばを抜け、やがて川にたどり着いた。途端に視界が開け、夏の青い空がどこまでもどこまでも広がる。河原に生い茂る草はすっかりその緑を濃くし、つやつやと光っていた。半袖姿《はんそで》の子供たちが、大きな声を上げて走っていく。ああ、網を持っている子がいるな。セミでも捕るつもりなんだろうか。

日差しが強いわねえ、と吉田さんは言った。

「わたしもそろそろ紫外線対策とかしなくちゃいけないのかしら。最近、シミが少しずつ増えてきちゃって。だけど、黒いサンバイザーをかぶって、黒い手袋なんて、それはそれで嫌よね」

その通りの恰好《かっこう》をしたおばさんが、前からやってきた。夏なのに長袖で、左腕に趣味の悪いバッグを提げている。

おばさんとすれ違ってから、わたしは口を開いた。

「確かにあれは抵抗ありますね」

「そうよね。あるわよね」

わたしたちは紫外線とシミのことについて真剣に語り合った。吉田さんによると、若いころのダメージがあとになって効いてくるのだそうだ。なにも考えずに肌を真っ黒にしたら、年を取ってから一気にその影響が出るらしい。

今日のわたしはTシャツに短いパンツだった。思いっきり肌を晒《さら》している。夏の日差しが急に怖くなってきた。

「これからは散歩のときも日焼け止めを塗ります」

「そうした方がいいわよ。わたしも塗ってるもの」

サハが草むらに顔を突っ込み、真剣に匂いを嗅ぎ始めた。急《せ》かすこともなく、吉田さんは立ち止まる。

「まあ、というわけで、たった十日の差で負けちゃったのよ」

「彼はなんて言ってたんですか」

「相手の女と結婚するから別れてくれって、それだけよ」

「え？　ハナちゃんのことは？」

「話さなかったの。彼はもうすっかり責任を取るつもりになってて、その姿を見たら気が抜けちゃった。わたしも子供ができてるって言えば、勝負は五分になったかもしれない。条件は一緒だものね。だけど負けたって思っちゃったのよね。同じことを考えて、実行に移して、十日の差で負けたの」

サハが歩き出したので、わたしたちも歩き出す。

「よく産もうって思えましたね」

ずいぶん考えてから、わたしは尋ねた。

どうして堕《お》ろさなかったんですか。

言い方は違うけれど、要するにそういうことだ。

もう結婚できない男。ひどい男。妊娠したことを知らせもしなかった。堕ろすことだって、吉田さんはきっと考えたはずだ。

彼女はちゃんと言葉の意味を理解してくれたようだった。

「すごく迷ったのよ。堕ろした方が楽だって思ったし、相談した友達もみんなそう言った。堕ろすことに抵抗ない人って意外と多いのよね。そういうことは実際に話さないとわからないでしょう。びっくりしちゃったわよ。あんまりにも堕ろせ堕ろせ言われるから、それが普通の考え方なのかなって思ったこともあったわ。だけど彼と別れることが決まって、荷物を取りに部屋に行ったら、相手の女がいたの。彼は出かけててね。最悪でしょう。負けた相手とふたりきりよ」

「きついですね」

「うん、最初はきつかったな。お互いに黙りこくってさ。わたしね、相手の女はもっと勝ち誇るのかと思ったの。嫌な女だったしね。だけど、それがさ、申し訳なさそうな顔してるのよ。やけに神妙なの。罵《ののし》り合いになった方がずっと楽だと思ったくらいよ。いろいろ服とか下着とか鞄《かばん》に詰めてたら気付いたの。彼女ね、自分の体をすごく大切にしてた。それまで煙草は吸ってたし、お酒も飲んでたのに、全部やめててね。お茶も控えてるのよ。お茶って、妊婦はあんまり飲み過ぎちゃいけないの。そんな彼女の姿を見て、ようやくわかったのよ。負けたのは十日の差じゃないって。わたし、妊娠したことがわかってからも普通にお酒飲んでたし、煙草も吸ってたもの。なのに彼女はお茶まで控えてるのよ。もう大負けよ。サッカーでいったら五対一くらいの差ね。帰り道、てくてく歩きながら考えたの。これで堕ろしたら、もっと点差が開いちゃう。産むしかない。産もうって。そうやって立派に子供を育て上げたら、五対三くらいにはなるでしょう」

まだ二点負けてるけどな。

「ハナちゃんはいい子に育ってるから、もしかしたら引き分けに持ち込めてるかもしれないですよ」

「だといいけど。相手の女の子供って、今はどうなってるのかしら」

「気になります？」

「なるわねえ。だって、それがわたしの勝負なんだもん」

やっぱり負けてそうだけど。しばらくしてから吉田さんは呟《つぶや》くように言った。あんまりいい母親じゃないし。なんだか少女みたいな顔をしていた。

吉田さんを愚かだと言うことは簡単だ。事実、愚かなのだろう。彼女の選択は、なにもかも間違っているのかもしれない。そんな男を好きになること自体間違ってるし、他の女と張り合うことも間違ってるし、子供を作ろうとしたことも間違ってるし、あるいは産んでしまったことだって間違ってるのかもしれない。

けれど、ハナちゃんのことを話す吉田さんは、とても幸せそうだった。

こんなふうに笑いながら、おもしろおかしく——たぶん少しは脚色しつつ——話していても、当時はまったく笑えなかったに違いない。泣いて泣いて、自らのすべてを呪い、世界なんて消えてしまえと思った夜だってあったはずだ。そんな夜を、吉田さんはいくつ越えてきたのか。

目の前にあるのは、ただの笑顔じゃなかった。

「気が弱くておとなしい子だけど、ハナと暮らしてるとね、この子がいてくれてよかったと思うの。ひとりじゃ生きてこられなかったかもしれない。本当に辛《つら》いこともあったし、ひどい目にもあったけど、ハナがいると思うと頑張れた。馬鹿みたいよね。ただの母性本能ってわかってるのよ。扇風機と同じ。スイッチを入れたら、くるくる羽根がまわるだけ。それでも本当に本当にあの子が大事」

サハもね、と言って、彼女は愛犬を抱きしめた。突然抱きつかれたサハは、すごく嬉《うれ》しそうだ。

長い尻尾《しっぽ》が右に左に大きく揺れている。

家に帰るとセイちゃんがエスプレッソを作っていた。

彼は偉そうに講釈を垂れた。

「タッピングって言ってさ、コーヒーの粉をケースに詰めるやり方が重要なんだ。専用の器具で押し固めるんだけど、その程度によって味が全然違ってくるんだよね」

「わたし、喉《のど》が渇いたな。カフェラテにしようよ」

「いいな、それも」

グラスにたっぷり氷を入れ、ミルクを満たす。そして抽出したばかりのエスプレッソを注いだ。黒い液体がゆらゆら揺れながら、ミルクと混ざっていく。口をつけるとコーヒーの濃厚な香りが広がった。ミルクの滑らかさが、そのあとに来る。

「おいしいね、これ」

セイちゃんは得意気に笑った。

「そうだろ。すごいだろ。俺にも飲ませてくれよ」

「どうぞ」

ひとつのグラスで交互に飲んだ。

「今日、吉田さんと話したよ」

「どうだった」

「波瀾《はらん》万丈だった。すごかった」

それからセイちゃんにエスプレッソマシンの使い方を教えてもらった。偉そうに語ったわりに、わたしが適当に作ったエスプレッソは、セイちゃんのと同じくらいおいしかった。セイちゃんはちょっと悔しそうだった。

ハナちゃんはとてもかわいい子だった。目はやたらと大きいし、鼻筋が通り、なにより顔立ちに品がある。羨《うらや》ましくなるほど整ったその容姿は、けれど彼女にとっての災いでもあった。おとなしくてかわいい子は、しばしば環境に振りまわされる。強ければ、いい。虐《いじ》められたって、陰口を叩《たた》かれたって、反撃できる。

ハナちゃんには無理だった。

ただ黙り込み、うつむいてしまう。

買い物から帰ってきて、エントランスでエレベーターを待っていたら、ハナちゃんも帰ってきた。こんにちはと挨拶《あいさつ》してくれたので、こちらもこんにちはと言っておく。もうすぐエレベーターが来るのに、ハナちゃんは奥の階段に向かった。彼女が横を通り過ぎたとき、なにかの匂いがふわりと漂ってきた。

確かに知っている匂いなのに、なんなのかすぐには思い出せない。

「もうすぐエレベーターが来るわよ」

その背中に声をかけたら、

「サハが一緒じゃないときは階段を使ってるんです」

という言葉が返ってきた。

「どうして」

「うち、三階だから。エレベーターを待つより早いし、階段を使った方が省エネにもなるってお母さんが言うんです」

ああ、なるほど。感心した。わたしだったら、三階でもエレベーターを使っちゃうだろうな。

彼女を追って、わたしも階段を上った。

「どこ行ってたの」

くっついてきたわたしに、ハナちゃんはびっくりしたみたいだった。それでも律儀に答えてくれた。

「習字教室です」

「へえ、書道習ってるんだ」

「はい」

ああ、そうか。これは墨の匂いなんだ。思い出した途端、突然、懐かしさを覚えた。磨《す》っても磨っても黒くならない墨、ぽたりと服に落ちたその淡さ。お気に入りのワンピースだったのに、いくら洗っても墨は取れなかった。

「習字教室って何時間あるの」

「一時間半です」

「けっこう長くやるんだね。お腹空《す》かない？」

わたしの顔をじっと見てから、彼女は頷《うなず》いた。

「じゃあ、ちょっと待って」

ちょうどわたしたちは階段の踊り場に達していた。コンクリート製の手すりの向こうに、山崎第七ビルと同じような建物がいくつも見えた。その背景に広がる空があまりに青いものだから、ビルの輪郭がびっくりするくらい鮮やかだ。まるでカミソリですっと切り取ったみたい。あるビルの屋上には給水タンクがあって、その丸い腹に真っ赤なハートマークが描かれていた。誰かの悪戯《いたずら》なのだろう。せっかくのハートマークなのに、ちょっと歪《いびつ》だ。

わたしは階段に座り、レジ袋からビスケットを取り出した。

黄色い箱のそれは、わたしが子供のころからある昔懐かしいお菓子だった。

「ハナちゃん、これ、食べよっか」

彼女は戸惑ったようだけれど、

「わたしの奢《おご》り。遠慮しなくていいよ」

なんて冗談っぽく言うと、ようやく嬉しそうに笑った。

ふたり並んで、階段に腰かける。踊り場から二段目にお尻《しり》を乗せる。わたしの足は踊り場に届いて、さらに長く伸びているけれど、ハナちゃんの足はちょうど踊り場につくくらいだ。

わたしよりずっと小さな彼女の靴が、踊り場に行儀よく並んでいる。

日陰の階段を流れていく空気はひんやりしていた。ここから世界を見ると、ひどく過酷な場所に思えてしまう。あの強い日差しを浴びたら、わたしたちは即座に溶けてしまうのではないだろうか。そんなことを考えつつ、ビスケットを一枚食べた。唇についた粉を舐《な》め、それから二枚目を齧《かじ》る。

ハナちゃんはまだ一枚目を食べていた。

「あのね、ハナちゃん、嫌なことされたときは怒った方がいいんだよ」

彼女は黙ったままだ。

「でないと、ずっと繰り返されるよ」

ビスケットを齧る音が聞こえるばかり。まあ、そうだろうなと思った。もしここでわたしになにか言えるのなら、あんなふうに虐められたりしない。

考えてから、さらに言葉を継いだ。わたしばかりが喋《しゃべ》っている。

「だけど難しいよね、声を上げるのって。わたしも何度か同じ目にあったけど、やっぱりなにもできなかったよ」

「そうなんですか」

うん、と頷く。ビスケットを齧る。

「十年とか二十年とか生きてれば、誰だってあると思うよ。虐めてた側が虐められる側になることもよくあるでしょう。簡単にひっくり返るから。辛かったな。世界が終わっちゃえばいいと思った。ねえ、たまに想像しない？　もし自殺してやったら相手は嫌だろうなって。仕返しになるかなって」

「します、すごくします」

ハナちゃんは何度も頷いた。わたしたちはちょっとだけ笑い合った。

「本気で自殺なんかするつもりはないけど、考えるよね。試しにね。それでたまに、本当に死んじゃう子がいる。ねえ、ハナちゃんは死なないでね。こうして一緒にビスケットを食べられなくなっちゃうから。わたし、誰かと食べるのが好きなんだ」

最後の方は、あえて茶化した感じにしておいた。

ハナちゃんも同じような声で言った。

「またビスケットくれますか」

「あげるよ。今度はチョコがかかった奴にしようよ」

「わたし、チョコレート大好き」

与えられることも楽しいけれど、与えることだって楽しい。誰かを助けることが、自分を助けることになったりする。

もちろん、いつだってうまくいくわけじゃない。

正しいことをしようとして、大きく間違ってしまうことだってあるだろう。純粋な好意や永遠なんて、わたしは信じていない。でも、たまにこういう瞬間がある。通じたように思えることがある。

「そろそろ行こうか」

「ねえ、ビスケット、おいしかった」

「ねえ、ビスケットとクッキーの違いってわかる？」

「あ、わかんない」

いつの間にかハナちゃんは敬語じゃなくなっていた。友達と喋ってるような感じ。やったね、と思った。

少しだけ彼女に近づけたのかもしれない。

「わたしもわからないな。なにが違うんだろうね」

立ち上がると、わたしたちは同じようにスカートのお尻を手で払った。スカートの裾《すそ》がゆらゆら揺れる。

同じように、いろんなものが揺れているのだろうか。

「ねえ、ハナちゃん。あいつらなんて、そのうち思いっきり見返せるよ。だってハナちゃん、しばらくしたら、すごい美人になるから。中学生になって、あいつらに彼氏ができたらさ、誘惑して奪い取っちゃいなよ。片っ端から、自分の彼氏にしちゃえばいいよ」

「え、誘惑ってどうすればいいの」

「男の子なんて馬鹿だから簡単だよ。瓶《びん》を持っていってね、蓋《ふた》が開けられないのって言えば、得意気に開けてくれるでしょう。それで開けてもらったら、思いっきり嬉《うれ》しそうに笑って、ありがとうって言うの。力強いんだねすごいねって褒めれば、男の子なんてイチコロだから」

「すごい。やったことあるんだ」

「まあね。何回かね」

ハナちゃんは本気にしたのか、目を丸くして、わたしを見つめている。ふふん、と得意気に笑っておいた。

「きれい」

「ん、なにが」

「手」

彼女が見ていたのは、わたしの指だった。ちゃんと手入れしながら伸ばして、今はパール・ピンクに塗ってある。

「桜の花みたい」

「ハナちゃんはマニキュア塗ったことある？」

ない、と彼女は首を振った。

「じゃあ、今度、わたしが塗ってあげるよ。ハナちゃんの指はきれいだから似合うと思うよ」

わたしたちの笑い声が、階段の壁に反射した。
たくさんの人が笑っているみたいだった。

6 河原で歌う

とんとんと足音をさせながら階段を下りる。ハナちゃんと話した日から、わたしはたまにこうして階段を使う。このがらんとした空間をひとりで下りていくのは、意外と気持ちよかった。七段下りると、踊り場だ。体をくるりとまわし、もう七段。そんなことを六回繰り返すと、エントランスホールにたどり着く。

ずらりと並んだ郵便受けの前に、町野さんが立っていた。

「こんにちは」

声をかけたら、町野さんは顔を上げた。

「あら、こんにちは」

「ヨナもこんにちは」

町野さんが提げているキャリーバッグの中に、ヨナがいた。怯《おび》えた様子で、体を丸めている。

「どこかつれて行くんですか」

「ええ、動物病院にね。歯茎が腫《は》れてるの」

キャリーバッグを覗《のぞ》き込み、ヨナにこんにちはと言っておいた。ヨナはわたしの顔をちょっと見ただけで、ふたたび体を丸めた。怖がらせてはいけないので、ゆっくり体を起こしたら、町野さんが難しい顔をしてることに気付いた。

「どうしたんですか」

「ポストカードがね、来たの」

「誰からですか」

「前のね、夫から」

ああ、聞いちゃいけなかったのかなと思ったけれど、町野さんは気まずそうな感じではなかった。

彼女が手にしているカードはとてもかわいらしかった。薄いピンク色で、デフォルメされたキャラクターのイラストなんかもついている。町野さんの前夫が何歳なのかよくわからないけれど、いくらなんでも十代ということはないだろう。しかも絶対に男のはずだ。迷ったものの、町野さんが気にしないのなら、こちらも気にしないことにした。普通に振る舞おう。

「女の子が使うカードみたいですね」

「そうなのよ」

町野さんがようやく笑った。

「あの人、いつもこんなカードなの。猫を見かけたんですって」

「猫？」

「一度猫に餌《えさ》をあげたら、毎日来るらしいわ。ものすごく大きな声で鳴くものだから、毎朝起こされるって。彼、律儀に餌をあげてるみたいよ」

優しい人なんですねと言ったら、

「そう、優しい人だったわね」

町野さんは少したってから頷《うなず》いた。その短いあいだに、彼女はなにを考えていたのだろうか。

ああ、そうだ。

優しいことが、いいことだとは限らない。セイちゃんだって、すごく優しい。

うつむいたところ、ヨナと目が合った。ヨナの右目は緑で、左目は白。もしかすると、その白い目で、ヨナはなにかを見ているのかもしれない。緑の右目では決して見えないものを。

そんなことを考えていたら、言葉が勝手に出てきた。

「前の旦那《だんな》さんと手紙のやりとりしてるんですか」

でも顔は上げない。そこまでの勇気はない。

ええ、と町野さんの声が降ってきた。

「ふたりとも手紙を書くのが好きでね。付き合う前から、よく手紙のやりとりをしてたの。結婚してからもよ。一緒に住んでるのに、彼は手紙を書いて送ってくるの。仕事から帰ってくると滝口裕子さまって宛名の手紙が入っててね。見たことのある字だなと思ってひっくり返すと、差出人が滝口慎治なの。ああ、滝口というのは彼の名字で、別れるまではわたしもそうだったのね」

聞いていればわかることを、町野さんはいちいち説明してくれた。その律儀な感じが、なんだか嬉しい。

「たいしたことなんて書いてないのよ。ツバメの巣を見つけたとか、新しく発売された缶コーヒーがおいしかったとか、そんなことばかりなの。だけど、あの手紙、好きだったわ。彼のああいうところは、とってもチャーミングだった。もう別れてしまったけれど、彼の手紙だけは今も好きよ」

ようやく顔を上げることができた。

町野さんはちょっと寂しそうな感じで笑っていた。ポストカードの角を、ふっくらした頬につけて話している。

寂しそうなのに、どうして幸せそうでもあるんだろう。

立ち話はそれで終わり。わたしは町野さんとヨナに手を振ってエントランスを出た。これから散歩に行くわたしを、ヨナはじっと見ていた。

細い路地をどんどん歩いて、駅とは反対の方へ向かった。古着屋が並んでいる一角に若い男の子たちが集まっていて、それぞれの買ったものを見せ合っていた。郵便局のある通りを越えると、先は住宅地だ。どこからか子供たちの笑い声が聞こえてくる。追いかけたり、追いかけられたりしている声だった。

パーカのポケットに手を突っ込み、帽子を深くかぶり、じりじり肌を焼く日差しを感じながら、ひたすらわたしは歩いた。

やがてたどり着いたのは、小さな川だった。川幅は十メートルほどで、深さもたいしたことない。川の両側は市が整備した遊歩道になっていて、芝生がきれいに植えられている。その一角にあるベンチに、わたしは腰かけた。隣に桜があるおかげで、ベンチは木陰に入っている。日差しの中をずっと歩いてきたせいか、とても涼しく感じた。吹き抜けていく風が、火照《ほて》った肌を冷やしてくれる。

町野さんは嬉《うれ》しそうに笑ったり、困ったように笑ったりしていた。

ヨナはずっと体を丸めていた。

服を買ったばかりの男の子たちはとても楽しそうだった。

住宅地に響いていた子供たちの声は高く澄んでいた。

たった十五分かそこら歩いただけなのに、わたしはいろんなことを知ったような気がした。けれど、そんなのはただの思い込みなのかもしれない。知ったそばから、消えてしまうことなのだろう。英語の単語を暗記するのと同じだった。完璧《かんぺき》に覚えたと思っても、時間がたつと忘れてしまう。それで覚え直す。しばらくすると忘れる。やれやれと嘆きつつ、また覚える。

とにかく、ただひたすら繰り返していくしかない……。

木漏れ日がちらちらと揺れている。まるで今のわたしの思考のようだ。いろんなことが流れ、揺れて、まるっきり定まらない。

顔の上に左手を置き、ふうと息を吐いた。

だいぶ体の熱が取れてきた。

遊歩道を歩く人々をしばらくぼんやり眺める。犬をつれたおばあさんが、対岸を歩いていた。引き綱をつけていない犬も、おばあさんに負けないくらい老いていて、歩き方が危なっかしい。やがてその犬が川の方へ近づいていった。深い茂みに顔を埋《うず》め、しきりに匂いを嗅《か》いでいる。おばあさんは腰の後ろで手を組み、犬が帰ってくるのをじっと待っていた。急《せ》かすこともなく、怒ることもない。満足したのか、意外にしっかりした足取りで坂を登り、犬はおばあさんのところへ戻った。

ぼんやりしていたら、声をかけられた。

「あれ、香織さん」

顔を前に向けると、そこに睦月君が立っていた。派手なシャツを着て、膝《ひざ》に穴の開いたジーンズを穿《は》き、大きなギターケースなんか背負った睦月君は、いかにもミュージシャンという感じだった。髪もワックスでちゃんと決めてるし。

「なにしてるんですか」

「なんにも」

そう言うと、香織さんはいつも暇そうですねと睦月君は呆《あき》れたように笑った。それでわたしも苦笑いしてしまった。確かにわたしはいつも暇だ。目的も、目標も、持っていない。

「睦月君は？　練習にでも行くの？」

「駅前で弾こうと思ってたんです。路上ライブって奴です。香織さんは知らないかもしれないけど、ここの駅前ってわりと有名な場所なんですよ」

「え、そうなの」

「商店街の人がそういうのを奨励してて。アンプを使わないとか、通行人に迷惑かけないとか、いちおうルールはあるけど、それさえ守れば気持ちよく弾かせてくれるんです」

言われてみれば、路上ミュージシャンが多い町だ。土日の駅前には必ず何組かが出ていて、互いに音を競っている。

ああ、なるほど。

そういう事情があったわけだ。

「今度、睦月君の路上ライブを聴きに行こうかな」

「いいですよ。でもびっくりしないで下さいね」

おどけるように、睦月君が言う。

「びっくりするって、どうして」

「実はけっこう人気あるんですよ」

「すごい」

本気で驚いたら、睦月君は申し訳なさそうな顔になった。

「ごめんなさい。誇張しました。ほんのちょっと人気があるくらいです。十人かそこら集まる程度なんで、まあ、しょぼいもんすよ」

最後はなんだか自嘲《じちょう》気味。

生真面目な彼の性格に、つい笑ってしまった。

「やっぱりすごいと思うな。ちゃんと集まってくれる人がいるなんて」

「本当に人気のあるグループだと、もっと集まるんですよね。場所取りとかもありますし。女の子たちがきゃあきゃあ言ってます」

「羨《うらや》ましい？」

「ものすごく羨ましいですよ」

ため息を吐きながら、睦月君はわたしの前に座った。ベンチじゃなくて、芝生の上にそのまま腰を下ろした。

「今日はその人気ある奴らの隣なんですよ。ちょっと逃げたい気分です」

「いい曲弾いて、ごっそり取っちゃえばいいじゃない」

簡単に言いますねえと呟《つぶや》いた睦月君は、ギターケースを開けた。

「リクエストを聞きましょう。なにがいいですか」

「本当？ いいの？」

「そんなにうまくないですけど」

少し前に流行《はや》った邦楽を頼んだら、睦月君は、

「もっと渋いのをリクエストして欲しいもんですね」

なんて偉そうに言いながらも、ちゃんと弾いてくれた。

確かに睦月君の演奏はそんなにうまくなかったけれど、目の前で搔《か》き鳴らされる弦の音はとても気持ちよかった。心の中にまで、一気に入ってくる。楽器は、音楽は、すごい。

それに、睦月君の声は聴きやすかった。素直というか、うまく歌おうと力んでないせいか、とても伸びやかだ。彼の性格そのままだった。

歌い終わると、わたしは盛大に拍手をした。

「よかったわよ、本当に」

「じゃあ、次は俺の好きな曲を弾きます」

「誰の、なんて曲？」

「ブラインド・フェイスの『キャント・ファインド・マイ・ウェイ・ホーム』です」

わたしがリクエストした曲とは、まったく違っていた。もっとゆっくりで、なんだか物悲しい。

目を閉じて歌う睦月君は、とても真剣だった。

わたしはそれほど英語ができる方ではないけれど、さすがに曲名の意味はわかる。家に帰る道がわからない、というところだろうか。最後に睦月君は何度も何度も同じフレーズを繰り返した。

家にどうやって帰ればいいかわからないんだ、帰り方がわからないんだ、わからないんだよ――。

わたしの拍手に、もうひとつ拍手が重なった。びっくりして顔を上げると、五十歳くらいのおじさんがいつの間にかそばにいて、大きな厚い手を叩《たた》いていた。同じように拍手していても、わたしの手から出てくる音とはまったく違う音だった。

どうも、と照れくさそうに睦月君は頭を下げた。

「スティーブ・ウインウッドだね」

「はい。俺はクラプトンから入ったんですけど」

「クラプトンもいいね」

それからおじさんと睦月君はロック談義を始めた。あれがいいとかこれが渋いとか言い合うふたりは、とても楽しそうだった。それにしても、睦月君はいい子だなと思う。見知らぬ人にいきなり話しかけられたのに、まったく嫌がらない。すぐに馴染《なじ》んで、愛想よく笑ったりしている。生まれつきの人柄なのだろう。意識してできるものではない。

「クラプトンで他に弾ける曲はあるかな」

「そうですね。『レイラ』なら、なんとか」

「じゃあ、それにしよう」

おじさんは五百円玉をギターケースの上に置いた。

「あ、いいですよ、お金は」

睦月君は慌てて返そうとしたけれど、おじさんは受け取らなかった。

「リクエストしたんだから取っておきなさい」

「じゃあ、ありがたく」

わたしはいっさい口を挟まず、ただ見ていた。男同士の会話に入りたくなかったからだ。お金を払ってもおじさんはちっとも傲慢《ごうまん》じゃなくて、受け取る睦月君も全然惨めじゃない。

お互いになにかをわかっている感じがする。

少し緊張した様子で、睦月君はギターを弾き始めた。

おじさんはリズムに合わせて体を揺らしながら、睦月君の歌を聴いていた。とても楽しそうだ。わたしと目が合うと、微笑んでくれた。それでわたしも微笑んだ。やがて曲が終わると、わたしとおじさんは揃って拍手した。

「ありがとう」

お金を払ったのに、ちゃんと礼を言っておじさんは去っていった。

その背中を見ながら、睦月君が大きく息を吐いた。

体が萎《しぼ》んでしまいそうなほどの、たくさんの息だった。

「俺、うまく歌えてましたか」

「雰囲気が出てたよ」

「よかった。いきなりだったから、かなり焦りました」

「五百円、儲《もう》かったね」

「これで一日暮らせますよ」

大げさに言いつつ、照れたように笑う。

「一日五百円で暮らしてるの」

「実家なんで、それで十分です。ひとり暮らしをしてる友達なんて本当に貧乏だから。水とパンだけとか。俺はまだ気合が入ってない方です。本気で音楽やってないって説教されます」

「友達に？」

「熱く怒られますね。でも確かにそうなんです。遊びでプロになれるほど甘い世界じゃないんだから、もっと死ぬほど努力しなきゃいけないんです。わかってるけど、なかなかできないですね」

会話しながらも、睦月君の指はずっと弦を触っている。そうして、いろんな曲を弾いていると、散歩中の人が立ち止まることがあった。そのたびに睦月君はなにか弾きましょうかと声をかけた。どうやら、さっきのおじさんから貰《もら》った五百円で味をしめたらしい。睦月君があまりにも気軽に話しかけるものだから、向こうもさして警戒せず、いろんな曲をリクエストしてきた。

「美空ひばりの『東京キッド』をお願い」

「すみません。美空ひばりは『川の流れのように』しかできないんです」

「じゃあ、それでいいや」

そうして美空ひばりを歌ったかと思えば、子供づれのお母さんに頼まれてアンパンマンの主題歌を歌ったりもした。子供は大喜びで、小さな手を叩きながら、睦月君と声を揃えた。甲高い声がとてもかわいかった。

一時間くらいのあいだに、睦月君は七曲のリクエストに応《こた》えた。けれど、お金を置いていってくれたのはたったの三人で、最高額はひとりめのおじさんの五百円だった。

売り上げは、全部で八百円。

よくできてるわねえ、とわたしは感心して言った。

「時給八百円って、この辺りのアルバイトの相場でしょう」

「そうですね。だけど、あんなに頑張って歌ったんだから、もうちょっと儲かってもいい気がしますよ。あと五百円は欲しいところです。まあ、いいか。いろいろ歌えて楽しかったし」

「ねえ、リクエスト」

わたしはこっそり準備しておいた五百円玉をギターケースに置いた。

「睦月君が好きな曲をお願い」

「俺の好きなのですか」

「うん、聴かせて」

しばらく考えた末、睦月君が派手にギターを掻き鳴らした。日がすっかり傾いたせいで、睦月君の影も、わたしの影も、芝生の上に長く伸びている。吸い込む空気は夕暮れの匂いがする。小さな鳥が三羽、絡み合うようにして飛んでいく。鳥の声と、睦月君の声が、一瞬だけ混じる。はるか向こうの方で、ゴルフ練習場の高い高い鉄骨が赤く光っている。たまに川の方から吹いてくる風がとても冷たくて気持ちいい。

睦月君の弾いた曲は、勢いのいいロック・ナンバーだった。英語だったのでほとんど意味はわからず、聞き取れたのはサビの部分だけだ。今夜、俺はロックンロール・スターなんだ。そんな言葉がひたすら繰り返される。今夜、俺はロックンロール・スターなんだ。

そうなればいいね、と思った。

睦月君の夢がどれほど無謀であろうと、叶《かな》う確率なんてゼロに近くても、彼の歌が誰かの心に届かないのだとしても、わたしはひたすら願った。歌が終わると、いっぱい拍手をした。照れる睦月君を、さらに照れさせた。

「じゃあ、俺、そろそろ行きます」

「うん、またね」

手を振りながら、わたしは言った。

「ライブ、頑張ってね」

その夜はセイちゃんと一緒にハヤシライスを食べた。食器を片付けていたら、奥さんから電話がかかってきた。気を遣ったのか、セイちゃんは片手で拝むような仕草をしてから、また寝室に入っていった。声を聞きたくないので、わたしはすぐ押し入れに向かった。襖《ふすま》をきっちり閉めた。

今夜、わたしはロックンロール・スター。
暗闇の中、歌ってみた。
今夜、わたしはロックンロール・スター。

7　姉弟競演

少しずつ、けれど確実に日々は過ぎていき、八月も半ばに差しかかっていた。残りの日数を数え始めるころだ。始まったころはいつまでも続くように思えた長い長い夏も、こうして必ず終わりが来る。しばらくしたら風の匂いが変わるだろう。光の色が褪《あ》せるだろう。影が長く伸びるだろう。

深夜、睦月君が働いてるコンビニに行ったら、

「姉ちゃんが会いたいって言ってるから、今度一緒に飯を食べませんか」

と誘われた。

弥生さんに会えると思うと嬉《うれ》しかった。まだ借りたお金も返していない。ああ、そうだ、と気付いて、わたしは財布を取り出した。

「お金、弥生さんに返しておいて。借りたままだった。睦月君とならいつでも会えるんだから、こうして頼めばよかったんだよね。こんな簡単なことにどうして気付かなかったんだろう」

「今度会うんだから、直接渡して下さい。俺に渡すと、勝手に使っちゃいますよ」

笑いながら睦月君は言った。

「姉弟ってその辺がいい加減なんですよ。姉ちゃんのものは俺のものっていうか」

どうも冗談ではないらしい。たいした額じゃないとはいえ、睦月君に使われてしまうのはまずいので、財布をしまった。

「じゃあ、いつにしようか」

「明日の昼はどうですか。場所はこの前と同じ河原で。昼飯でも食いましょう。この前のこと話したら、姉ちゃんが羨《うらや》ましがっちゃって」

姉ちゃんも歌うんです、と睦月君は言った。

「すごいね。ふたりとも音楽ができるんだ」

「姉ちゃんはボーカルだけですけど、かなりうまいですよ。俺よりも上です」

「楽しみになってきちゃった。明日の昼でいいよ」

「だったら、そうだな、十二時半にしましょう。食事はこちらで準備しておきますから、なにも持ってこなくていいそうです。腹を空《す》かせておいてくれって姉ちゃんが言ってました」

「わかった。お腹をぐうぐう鳴らしながら行くね」

翌日、服を選んでいたら、どこへ行くのかとセイちゃんが尋ねてきた。

「やけに楽しそうだな」

試しにデートだと言ってみたところ、彼はちょっと不機嫌になった。

「デートって誰と？」

どうやら冗談が通じていないらしい。

「嘘よ、嘘。この前、お金を貸してくれた女の人がいたって言ったでしょう。彼女と会うの」

「そうか、女か」

わかりやすい人だ。今度はほっとしてる。しかも、あっさり信じてるし。わたしが浮気しても、きっとセイちゃんは気付かないんだろうな。

今日も暑く、夏はまだ続いていた。顔を上げると、そこに白くて大きな雲が見えた。入道雲だ。じっと見ていると、先端がものすごい勢いで膨らんでいる。ゆっくり歩いて川に向かった。一日、二日、三日、と頭の中で数えてみる。セイちゃんとの新婚生活（仮）は、残り二週間だ。

始まる前は長く感じたのに、あっという間に終わりが近づいている。学生時代の夏休みと同じだった。

「すごい！」

弥生さんはとても立派な食事を作ってくれていた。芝生の上に広げられたランチボックスは、色とりどりのおかずが詰まっていて、作品と呼びたくなるような出来具合だった。

「きれいですね！」

たまらなく嬉しくなってそう言ったら、弥生さんはえへへと笑った。

「そこまで喜んでもらえると、作った甲斐《かい》があるわね。こら、睦月、あんたはいきなり食べないの」

「痛いな。殴るなよ」

勝手に食べ始めた睦月君は、頭を叩《たた》かれてしまった。

「本当に乱暴な女だ」

下らないことを言ったせいで、睦月君はまた頭を叩かれた。

姉弟っていいなと思う。ひとりっ子のわたしは、こんなふうに触れ合える相手がいなかった。平気で睦月君を叩く弥生さん、それでも怒らない睦月君。ふたりのそんな関係がとても羨ましい。わたしとセイちゃんも兄妹だったらよかったのに。だったら、わたしもいろんな期待をしないですむ。

どうぞと弥生さんに言われ、わたしは料理を口に運んだ。

「あ、おいしい」

思わず言葉が漏れてしまう。最初に食べたのはオムレツで、口に運ぶとチーズの味が濃厚に広がった。

「チーズが入ってるんですね、これ」

「そう、たっぷりと贅沢《ぜいたく》に入れてるわよ。卵とチーズの量が同じくらいだもの。温めると溶けるタイプのチーズよ」

「このご飯、香りがすごくいい」

「それはわたしのオリジナル。イタリア風炒飯《チャーハン》ってところね。ニンニクとバジルを効かせたオリーブオイルで炒《いた》めるの。最後に乾燥トマトを入れるのがコツかな。ほら、その赤いのがそうよ。酸味とコクがご飯に合うでしょう」

「効いてますね、乾燥トマト」

頷《うなず》きながら、もりもり食べた。ほうれん草のソテーはバターがたっぷり使ってあって、ちょっとだけ不思議な香りがした。お酢と油に漬けこんだサーモンは酸っぱくて甘い。洋風ランチなのに、なぜか里芋の煮物が入っていた。おいしかったけれど、それだけ味付けが和風なので、どうにも微妙な感じだ。

「実は昨日の夕食の残りなの」

言い訳するように、弥生さんが言った。

「ついでに片付けてもらおうと思って入れちゃった」

おいしいです、と頷いておく。別に嘘ではない。他の料理と合わないだけで、味は悪くないのだから。

しかし睦月君は容赦がない。

「姉ちゃんはこういうところが駄目なんだよな。せっかくきれいな弁当を作ったのに、こんなもの入れたら台無しだろ」

「あんたはもう食べなくていい」

弥生さんが睦月君からフォークを取り上げようとする。睦月君は慌てておかずを口に押し込んだ。その様子がとても微笑ましい。こうして見ていると、弥生さんの方が強気で、睦月君はひたすら弄《いじ》られている。やはり姉弟の力関係なんだろうか。

そんなことを言ってみたら、当たり前だと弥生さんは頷いた。

「だって、ずいぶん面倒見たからね。頭が上がらなくて当然よ。この子のおしめを替えてあげたこともあるしね」

「もういいよ、姉ちゃん」

「うちの家ね、昔は砂場があったの。お父さんが造った奴。今は小うるさいハゲオヤジだけど、子供のために砂場造るくらいだから、相当の子煩悩だったんじゃないかしら。その砂場で遊んでるとき、わたし、砂でおにぎり作ったの。まだ小さかった睦月に渡したら、この子ったら、もりもり食べるのよね。自分の作ったものを食べてくれるのが嬉しくて、いっぱい作って、いっぱい食べさせちゃった」

「砂のおにぎりですか」

「そうなのよ。嬉《うれ》しそうに、きゃあきゃあ笑いながら食べるわけ。それでそのあと、おしめを替えたら――」

ストップ、と睦月君が言った。

顔が真っ赤になっている。

「食事中にそういう話はするなよ」

わたしと弥生さんは大笑いした。睦月君は食事を終えると、ケースからギターを取り出して弾き始めた。ぽろんぽろんと音がこぼれてくる。木漏れ日、おいしい食事、ギターの音。そのどれもがあまりにも心地よくて、すごく幸せだった。睦月君の弾くギターに合わせて、弥生さんが囁《ささや》くような声で歌い始めた。

明日が来て明後日が来て
それであなたがいなくても
わたしはちっともかまわない
だって――
その次の日がやってくるのだと知っているから

とても悲しい歌詞なのに、歌う弥生さんは優しく笑っていて、ギターを弾く睦月君は楽しそうだった。やがて曲が終わると、わたしは拍手をした。弥生さんは大げさに笑って四方に手を振り、睦月君は盛大にギターを掻《か》き鳴らした。

銀色の水筒を傾け、弥生さんはその蓋《ふた》にハーブティーを注いだ。いくつか香りが混じっているので、何種類ものハーブを使っているのだろう。

ハーブティーで喉《のど》を潤してから、弥生さんはわたしの方を向いた。

「ねえ、まだ彼氏のところにいるの」

「いますよ。だって、この町でわたしが住めるのはそこだけだし」

「かわいい顔してるのに、香織ちゃんもやるわねえ」

弥生さんは笑った。

「奥さんの里帰り出産中に堂々と乗り込むなんて」

「新婚生活です、仮の」

仮の、かあ。弥生さんは呟《つぶや》く。わたしも彼女のいる男と付き合ったことあったな。ずるずる続いちゃって、どうしていいかわからなかったけど。

「男って卑怯《ひきょう》ですよね」

「卑怯ね、確かに」

「だけど女も卑怯だし、馬鹿だし」

「そうそう。卑怯なんだ。馬鹿なんだ。男に負けないっていうか」

わたしたちはその意味をよく考えないまま、短い言葉を投げたり受け止めたりした。

「香織ちゃんの彼ってさ、奥さんとはどうなってるの」

「仲いいみたいですよ。なにしろ子供を作ってますから。毎晩のようにおやすみなさいの電話がかかってくるし。彼もわたしがいないときにかけてるんじゃないかな」

「奥さんのこと、愛してるんだ」

「たぶん……」

途端に心がそわそわし始める。どこに気持ちを置いていいかわからない。

「奥さんと別れて香織ちゃんと結婚とかはないのね」

「まあ、ないでしょうね」

「彼と結婚したいと思う？」

「現実的に無理かな、と」

そうかあ。そうだよねえ。弥生さんは言って、空を見上げた。すらりとした体が伸びて、すごくきれいだった。

「彼のこと、好き？」

「好きです」

嫌いだったら、どんなによかっただろう。ただの惰性だったら、もっともっと楽だったろう。

わたしはセイちゃんが好きだ。大好きだ。

「じゃあ、辛《つら》いのを覚悟しなきゃね」

「はい。でも、できないですけど」

風が吹き、川岸の緑が一斉に揺れた。ひっくり返った葉の裏は意外と白く、まるで光を宿したかのように見える。

煙草を吸いながら、弥生さんは言った。

「香織ちゃんってさ、そんな馬鹿な子じゃないでしょう。いろいろ考えてるし、ちゃんと常識もある。なのに、彼氏のことになると、いきなり盲目だよね。気を悪くしないで欲しいんだけど、端で見てると、すごく不思議なんだ。バランスがそこだけ崩れてるっていうかさ」

煙草の煙が、風に流されていく。すぐ消えてしまう。

そうなんですよね、とため息を吐いた。

「駄目なんです。わかってても、頭がぼうっとしちゃって。人を好きになると、それ以外はどうでもいいっていうか」

恋だもんねえ、と弥生さんは笑いながら言った。恋なんですよねえ、とわたしは苦笑いしながら言った。愚かなのかもしれないけれど、誰かを好きになるのって、やっぱり特別なことなんだ。

体を重ねて、心も重ねて、他人には絶対許さないことを許して——。

友達という関係だって、もちろん特別だし、大切だ。けれど、男女のあいだにあるものは、なにかが根本的に違う。セイちゃんのことを思い浮かべると、心がいつも騒ぐ。いい方にも、悪い方にも、騒ぐ。

弥生さんは、睦月君に顔を向けると、いい人生勉強になったでしょうと実に偉そうに言った。

「なってない。俺はもっと純粋な恋愛をするね」

ふふん、と弥生さんが鼻で笑う。

この若造がって感じ。

睦月君はむっとしていたけれど、やがてビートルズを弾き始めた。有名な曲なので、もちろん知っていた。『オブラディ・オブラダ』だ。

弾き終わると、睦月君が尋ねてきた。

「この曲の歌詞って、どちらの意味だと思いますか」

「え、どちらって」

「サビのところで『ライフ・ゴーズ・オン・ブラ』って歌いますよね。俺、あそこのブラはブラザーのブラだと思ってたんだけど、友達がブラジャーのブラだって言い張るんです。あのころのビートルズなら、確かにそういう歌詞を作ったとしてもおかしくない気がしますよね。人生は続くよ兄弟なのか、人生はブラジャーの上を進むよなのか。どちらだと思いますか」

ものすごく真面目な話をしてたのに、いきなり雰囲気が変わってしまった。弥生さんはすっかり呆《あき》れていたけれど、わたしは嬉しかった。

「ブラジャーのブラだと思うな」

わたしは真剣に言った。よくわからなかったものの、そちらの方がおもしろいと思ったからだ。

「姉ちゃんはどう思う？」

「あんたの馬鹿さ加減に呆れてるから答えられない」

女同士の真剣な恋愛話をしようとしていた弥生さんは、ちょっと怒っていた。

「睦月、一発殴らせて」

「嫌だよ。姉ちゃん、本気で殴るだろ」

「もちろん本気で殴るわよ」

こうして呑気《のんき》な姉弟といると、世界がひどく呑気なもののように思えてくる。実際、呑気なことだって、たくさんあるのだ。そして辛いこともある。選び取っているのはわたしたち自身だ。他の誰でもない。

少し日が傾いたころ、引き上げることにした。

「もし本当にやばくなったら、うちに来ていいから」

弥生さんはそう言ってくれた。

「うまくいくといいわね」

「そうですね」

なんて言い合ったものの、なにがどうなればうまくいったことになるのか、ふたりともまったくわかっていなかった。

桜の木の影が長く伸び、楽しかった食事の時間は過ぎてしまった。

夏休みだって、もう終わろうとしている。

やがて夜が来て、それから朝が来て、次の日になる。同じように思える日々だけれど、その繰り返しの中で人は確実に変わっていくのだ。いいことでもなければ、悪いことでもない。どうしようもないことだ。避けられないことだ。

振り返ると、姉弟の背中はもう見えなかった。

彼らを追いかけたいという強い衝動に戸惑っているわたしがいた。

奥さんからの電話がしょっちゅうかかってくるようになった。一日のうちに、二回も三回も携帯電話が鳴るのだ。出産が近づいてるからナーバスになってるんだよとセイちゃんは口にした。ちょっと言い訳するような感じだった。

いいの気にしてないから、と言いつつ、わたしが押し入れにいる時間はどんどん増えていった。やがて、わたしは押し入れから出られなくなった。セイちゃんがいないときは、ずっと押し入れの中で過ごした。

奥さんが選んだ調理道具。奥さんとセイちゃんが新婚生活を送った部屋。ありとあらゆる場所に彼女の気配があった。もはや占領しているという傲慢《ごうまん》さは抱きようもなく、柔らかいものでゆっくり押し潰《つぶ》されていくような思いばかりが増していった。

押し入れだけが、わたしの居場所だった。

閉じこもり、襖《ふすま》を閉めてしまえば、ただ優しい闇がある。


今日のセイちゃんは上機嫌だ。女の子だと言われていたお腹の子供が、実は男の子だと判明したからだ。超音波診断の際、角度の関係で男の子のしるしを見逃してしまうことがあるのだそうだ。

「やったよ。男だよ。俺、男が欲しかったんだ。ものすごく嬉《うれ》しいよ」

無邪気にセイちゃんは喜んだ。乾杯しようぜと言って、冷えた缶ビールをふたつ持ってきた。

「そうか。男か。名前、考え直さなきゃな。香織はどんな名前がいいと思う?」

「セイちゃんが決めなよ」

わたしは素っ気なく言った。セイちゃんは本当に無神経だ。こんな話を聞いて、わたしが平気なわけない。自分が嬉しさでいっぱいだから、他の人も嬉しいと勝手に思い込んでしまっているのだろうか。この馬鹿正直さがセイちゃんのいいところでもあるのだけれど、さすがに笑うことはできなかった。

少しだけ口に含んだビールが苦い。飲みたくない。

「なんだよ、香織」

ようやくわたしの様子に気付き、セイちゃんが尋ねてきた。

「どうしたんだよ」

「セイちゃんって無神経だよね」

言葉が勝手に漏れてしまう。口にしてはいけない言葉。わかっているから、ずっと飲み込んできた言葉。

「なにが」

「そういう話は聞きたくないよ。だってセイちゃんと奥さんの子供なんでしょう」

ああ、そうか、とセイちゃんはうつむいた。

「ごめんな。俺、嬉しくて。ついさ」

「うん」

「本当にごめん」

すっかりしょげかえっている。まるで子供のよう。

わたしが虐《いじ》めたみたいだ。

急に申し訳ない気持ちが湧き上がってきて、わたしも謝った。ごめんね。よかったね。男の子で。

その日はすぐ押し入れに向かった。心のどこかでセイちゃんが来てくれるのを待っていた。襖が開いて、セイちゃんがよいしょと声を出して登ってきて、ぎこちない冗談を言って、それでも笑って、キスをして、服を脱いで、互いの温《ぬく》もりを確かめたかった。そうすれば、いろんなことが元に戻る気がした。

でもセイちゃんは来なかった。襖は開かなかった。

いつまでもいつまでも、それこそ明け方までセイちゃんを待った。やがてわたしは、高校時代のことを思い出した。

あの、鹿島さんのことだ。

村井さんとの試合が終わってしばらくたったころ、廊下を歩いていたら、鹿島さんに声をかけられた。

ようって感じで、実に軽い声だった。

「村井さ、練習してる？」

「すごくしてますよ。朝練も一番早く来るし、よく走るし、一番遅くまでボールを打ってます」

鹿島さんとの試合のあと、村井さんはそれまで以上に、部活に励むようになった。鬼気迫るものを感じることさえあった。

あの試合が、彼の中のなにかを変えたのだ。

「そうか。うまくなってるのかな」

「技術的にはそんなに変わらないと思いますけど、執念みたいなものが違いますね」

「県大会、勝てそう？」

真剣に尋ねられたので、真剣に考えた。

「いいところまで行くかもしれません。組み合わせの問題がありますけど」

「まあな。そういう運不運は必ずあるよな」

「はい」

わたしは頷《うなず》いた。スポーツに運不運はつきものだ。村井さんがいくら頑張っても、優勝を狙えるような強敵と当たってしまったら、どうにもならない。ああ、そうか、と思った。

鹿島さんはとんでもない強敵に当たってしまったんだ。怪我という名の、恐ろしく強い相手に。

鹿島さんは勝てなかった。負けた。十二年ぶりに県記録を更新したのに、それでも勝てない相手がいた。

ありがとうと言って、鹿島さんは背中を向けて歩き出した。

「あ、鹿島さん」

「ん？」

「鹿島さん、あのとき――」

わざと村井さんに負けたんじゃないですか。本当に足を悪くしたんですか。勝とうと思ったら、勝てたんじゃないですか。いろんな問いが頭に浮かんだけれど、どれも口にすることができなかった。

「じゃあな」

鹿島さんはたぶん、わたしがなにを尋ねたいのかわかっていたと思う。

だからこそ、答えないで去っていった。

その年の県大会で、村井さんは準々決勝まで進んだ。彼にとっては、最高の戦績だった。クジ運に恵まれたこともあるけれど、以前の村井さんなら一回戦か二回戦で負けていただろう。村井さんはコートを走りまわり、相手の根が尽きるまで、ひたすらボールを追い続けた。

その必死な姿はちっとも恰好《かっこう》よくなくて、むしろみっともなかったけれど、なぜか妙に美しかった。
優美に走る鹿島さんよりも、きれいなものを宿していた。

やっぱりここに来るんじゃなかった。アパートでセイちゃんを待っている方がよかった。あのままだったら、悪戯《いたずら》な恋をしている女でいられた。

仮の新婚生活はもうすぐ終わる。そもそも始まっていない。だってそれは偽物なのだから。もちろんわかってた。知ってた。覚悟してるつもりだった。でも違った。わかってなかった。知ってなかった。覚悟できてなかった。

わたしは馬鹿だ。

いけないと知りつつ、セイちゃんの携帯電話を盗み見てしまった。無防備な彼は、ロックをかけない。テーブルに置きっぱなしにして、お風呂《ふろ》に入ったりする。データフォルダに、奥さんから送られてきた赤ちゃんの超音波写真がいっぱい入っていた。超音波写真はすごく鮮明で、最初は小さな虫みたいだった赤ちゃんが、日を追うごとにお腹の中で大きくなっていくのがわかった。その中に赤ちゃんの顔がはっきり写っているものがあった。なんとなくだけど、セイちゃんに似ている気がした。

セイちゃんの子供。

彼と奥さんが作った、新たな命。

「ああ、いい風呂だった」

セイちゃんはいつものように上機嫌だ。わたしが携帯電話を盗み見たことにまったく気付いてない。

「香織も入っておいでよ」

うんと頷き、お風呂に向かった。湯船に浸《つ》かりつつ、考える。セイちゃんはずるいけれど、そんなの最初からわかっていたことだ。覚悟して付き合い始めたのは、他の誰でもない、わたし自身ではないか。

セイちゃんを責めるなんて筋違いもいいところだ。


エントランスでハナちゃんと会った。

ハナちゃんは赤いギンガムチェックのワンピースを着ていて、小さな黄色のリュックを背負っていた。わたしを見た瞬間、なぜか慌てた顔をした。

おかしいとすぐに気付いた。なにかを隠している。

「ハナちゃん、どこ行くの」

疑ってることはまったく表に出さず、陽気にわたしは尋ねた。習字教室だとハナちゃんは答えた。

嘘を吐いていること決定だ。

ハナちゃんはこのワンピースをとても大切にしている。しゃがむときだって、ちゃんと裾《すそ》を手で持ち上げるくらいだ。そんなワンピースを着て、墨で汚れるかもしれない習字教室に行くわけがない。

その日、朝から奥さんの電話があって、セイちゃんはずいぶん長く話していた。早起きして、わたしはちゃんと朝ご飯を作った。ふたりで一緒に食べていた。なのに途中で電話がかかってきてしまった。セイちゃんが電話を終えたとき、ご飯はすっかり冷めていた。たぶん、それで苛々《いらいら》してたんだと思う。

ハナちゃんに嘘を吐かれたことが、やけにざらりとした感じを運んできた。

じっくりハナちゃんを観察してみた。背負ったリュックは膨れ上がっている。なにかをいっぱいに詰めているのだ。そのリュックの口から、黒い筒が出ていた。わたしはハナちゃんの腕を摑《つか》んだ。ぎゅっと握りしめたら折れてしまうのではないかと思えるほど細い腕だった。

「ハナちゃん、嘘を吐いてるでしょう。習字教室じゃないよね」

いきなり態度を変えたわたしに、ハナちゃんは驚いた。目を大きく開いて、わたしを見つめている。

動じず、わたしは問いつめた。

「どこに行くか正直に言いなさい」

彼女は答えない。

「お母さんは知ってるの」

やっぱり答えない。

「教えてくれないと放さないよ。そうしたら、どこにも行けない。お母さんに話すから、ものすごく怒られるよ」

ちゃちな脅しだけれど、しっかり効いたようだった。わたしの手の中で、彼女の腕がだらんと垂れた。

「――のところ」

「え、なに」

「お父さんのところ」

混乱した。なにをどう言えばいいのかわからない。吉田さんの告白を思い出した。ろくでなしの男を奪い合ったこと。十日の差で負けたこと。ひとりでハナちゃんを産んだこと。ああ、そうだ。どんな人にもお父さんがいる。たとえそばにいなくても、世界のどこかにはいる。死んだとしても、かつてはいた。

「お父さんのいる場所、知ってるの」

こくりと頷き、彼女はワンピースのポケットから一枚の紙を取り出した。四つに折ってあったそれを開くと、住所と名前が走り書きされていた。隣の県だけれど、電車一本で行けるのでさして遠くはない。

「ここにお父さんが住んでるの」

黙ったまま、彼女は首を縦に振るばかり。

「今から行くの」

縦。

「お母さんには黙って行くつもりなの」

縦。

「じゃあハナちゃんが勝手に行くことにしたのね」

縦。

「お父さんに会いたいの」

縦でも横でもない。

言葉もない。

ただうつむいている。

わたしよりずっと小さな頭や、まったく癖のない黒髪を、わたしはしばらく見つめていた。赤いギンガムチェックのワンピースがとても似合っていた。靴下は真っ白で、おそらくよそ行きであろう茶色の革靴を履いている。精一杯のおしゃれをして、覚悟もして、彼女は家を出てきたのだ。

わたしはハナちゃんの腕を放した。

「一緒に行こう」

彼女が顔を上げる。どこに、と目で尋ねている。

「お父さんのところ。わたしがついていってあげる」

8　お父さんと会う

平日の昼間だというのに駅前は混んでいた。若い男の子や女の子が何人もティッシュを配っている。彼らは通路の真ん中に陣取っていて、すごく邪魔だった。しかも通るのを遮るように手を伸ばしてくる。少し腹が立ったけれど、いちいち避けるのも面倒なので差し出されたティッシュを片っ端から受け取っていたら、五つも貰《もら》ってしまっていた。小さなポーチにぎゅうぎゅうと押し込み、切符売り場に向かった。

「お父さんの住んでる町ってどこだっけ」

ハナちゃんに尋ねたわけではない。ただ言葉を口にしないと落ち着かなかっただけだ。ハナちゃんは、そこと料金表を指差した。彼女のほっそりした指の先に、確かにその地名が見えた。

ちゃりんちゃりんと小銭を券売機のスリットに落とし、切符を二枚買った。わたしは大人料金だけれど、ハナちゃんは子供料金でいいから半額だ。合わせて八百六十円だった。

電車が走り出しても、ハナちゃんはまったく口を開かなかった。

ひたすら押し黙っている。

ついてきたわたしに戸惑っているのかもしれない。

時々わたしの方を見るものの、目が合うと、すぐに顔を伏せてしまう。わたしも黙っていた。どうして一緒に行こうなんて言ったんだろう。とっさに口から出てきたことだけれど、自分の心の動きがよくわからなかった。

まあ、人生なんてそんなものなのかもしれない。その場の思いつきや、弾みで、いろんなことが変わってしまう。そして変わったと思っても、なにも変わってなかったりする。たとえば今、わたしがセイちゃんと暮らしていることだって、あとになってみればなんの意味もなかったりするのかもしれない。しょせんは仮の新婚生活なのだ。いや、偽の新婚生活だ。だって本当の新婚生活は決してやってこないのだから。

窓の向こうをいろんな景色が流れてゆく。

しばらくは密集した住宅地だったけれど、家と家の間隔がだんだん広くなり、そのうちまったく建物のない土地ばかりになった。畑とか、田圃《たんぼ》とか、森とか。そして駅が近づくと家が増え始め、また密集した住宅地になる。そういう風景の変化が三回か四回繰り返されたあと、わたしはハナちゃんに尋ねてみた。

「どうしてお父さんのところに行こうと思ったの」

すぐに言葉は返ってこなかった。

焦らずに、わたしはただ待った。ハナちゃんみたいな子に問いをぶつけてばかりいると、永遠に返事は得られない。

十五秒くらいしてから、ようやく彼女は言った。

「見つけたの」

「なにを」

また十五秒くらいたってから、彼女は言った。

「紙を。お父さんの住所が――」

言葉は最後まで発されなかった。ハナちゃんはどうやら、お父さんの住所が書かれた紙を見つけてしまったらしい。つまりハナちゃんは、お父さんがどこに住んでるのか、今まで知らなかった。そして知った。だから行きたくなった。

そういうことだろうか。

ポーチから飴《あめ》を出し、わたしはそのひとつを口に入れた。ころんと飴が転がって、甘さが口中に広がる。どうぞとハナちゃんに差し出すと、彼女は飴玉を受け取り、丁寧に包装紙を取ってから口に入れた。

ふたりで飴を舐《な》めていると、沈黙もあまり気にならない。

「ハナちゃんは今までお父さんの住んでるところを知らなかった。でも会いたかった。住所がわかったから会いに行こうと思った。それで合ってる？」

わたしはテレビのナレーションみたいな感じで言った。あまり感情を出さずに喋《しゃべ》ろうとしたら、自然とそうなっていたのだった。

ハナちゃんは首を横に振った。

「ちょっと違う」

「ちょっと？」

また十五秒かかった。

「会いたいと思ってなかった」

「どういうこと？」

電車がガタンゴトンと走り続ける。小さな川が見えたと思ったら、すぐに電車は鉄橋を渡っていた。

ガタンゴトンという音が大きくなる。

「お父さんがいるってよくわからなかった」

「お父さんはいるよ。誰にでも」

「そうだけど」

十五秒待ったものの、言葉は出てこなかった。

「実感できなかった？」

「うん」

今度はすぐだった。一秒も待たなくてよかった。

吉田さんはハナちゃんを大切にしているし、母子家庭といっても、決して不幸には見えない。一緒にいるときのふたりはとても楽しそうだ。いつもは無口なハナちゃんも、お母さんがそばにいると普通に喋る。

お父さんがいなくても問題なんかない。ちゃんと生きていける。

けれど本当にそうだろうか。

外からは見えないことだってあるのではないか。

「その紙、どうやって見つけたの」

すぐに答えを出してしまうのが嫌で、わたしはそんなことを尋ねていた。

「マニキュアを塗りたかったから」

「え？　マニキュア？」

意味がわからない。十五秒ずつ待ちながら、わたしはいろんなことを尋ねた。そうして、ふたつくらい駅をやり過ごしたところで、ようやく成り行きがわかった。

ハナちゃんはわたしの爪のことを覚えていて、自分でマニキュアを塗ろうと思ったらしい。それでお母さんの化粧道具が入っている引き出しを開けた。すぐ手前にマニキュアの瓶がいくつもあったけれど、新しいのだと使ったら減ってるのがばれて怒られるかもしれないと思い、奥の方に押し込まれている古いのを探した。いろいろ考えているものの、やっぱり子供だ。一回や二回使ったところで、マニキュアが減ってばれることはない。とにかく奥にあるのを使おうとしたハナちゃんは、引き出しを完全に抜いてしまった。すごい音がして、ありとあらゆる化粧品が散らばった。慌ててハナちゃんは化粧品を拾い、引き出しに戻した。お母さんにばれるかもしれないと思ってすごく焦った。怖かった。そうして化粧品を記憶に残ってる通りに並べていたら、一枚の紙が床に落ちていることに気付いた。広げてみたところ、住所と名前が書いてあった。住所は知らなかった。名前は知っていた。前に聞いたことのあるお父さんのものだった。

いろんな人が電車に乗ってきて、たいていはすぐに降りていった。平日昼間の電車は空《す》いており、車両にいるのはわたしたちを入れても十人以下だ。飴玉はもう溶けていて、口の中にはその甘さだけが微《かす》かに残っている。

「紙を見つけたのはいつ」

「今日」

「じゃあ、すぐに出かける準備をしたの」

「うん」

「すごいね。すばやいね」

十五秒待ったけれど、返事はない。三十秒待ったけれど、やっぱりない。雰囲気をよくしたくて軽口を叩《たた》いてみたのだけれど、どうも失敗だったらしい。

本当に知りたかったことを、わたしは尋ねることにした。

「ハナちゃん、どうしてお父さんに会いたいの」

また失敗したのかもしれない。

いつまでたってもハナちゃんは黙ったままで、返事を待つわたしは口を開くことができなかった。

川が見え、小さな山が見え、廃工場がいくつもあって、住宅が増え始めてしばらくすると駅に停まり、人が乗って降りて、また川が見え、山が見え、黙ったままのわたしとハナちゃんを乗せた電車はそうして走り続けた。

ガタンゴトンと揺れ続けた。


そこはとても大きな町だった。電車が停まると、人がたくさん降りて、車内は空っぽになった。ずっと黙っていたわたしたちは、いつの間にか眠っていたのかもしれない。ドアが開いてからも着いたことに気付かず、車庫に入るというアナウンスが流れたあと慌てて立ち上がった。ハナちゃんの手を引っ張って電車から降りると同時に扉は閉まった。

走り出した列車が運んでくる生ぬるい風を頬に感じながら、わたしは言った。

「着いたよ」

わかりきったことだ。ハナちゃんは頷《うなず》いただけだった。

彼女の手を摑《つか》んだまま、わたしたちは階段を上り、改札を抜けた。駅の中はものすごく賑《にぎ》わっていて、たくさんお店があった。まるでデパートのようだ。あまりにも広くて賑やかなものだから、間違った場所に来てしまったように思えた。

横を見ると、ハナちゃんも同じように戸惑った顔をしていた。

「大きな駅だね」

「うん」

「なんでも売ってるね」

「うん」

「あのお菓子、おいしそうだね」

「うん」

下らないことばっかり喋っているうちに、駅の外に出た。駅前はセイちゃんの住む町とよく似ていた。同じ家電量販店があって、同じデパートもある。デパートの最上階が丸い展望台のようになっているのもそっくりだ。

さて、ここからどうやって行けばいいんだろうか。

わかっているのは住所だけだ。

地図で調べればいいのだろうけれど、そんな便利なものはなかった。本屋を探すために辺りを見まわしてみたところ、交番が目に入ってきた。迷いつつ自分の恰好《かっこう》を確認し、それからハナちゃんのことも同じように確認する。手を繋《つな》いでみる。これなら、どうにかなるかもしれない。

覚悟を決め、わたしは言った。

「ハナちゃん、これからわたしをお母さんって呼ぶんだよ」

彼女がわたしを見上げてくる。どうして？

「とにかく、絶対にわたしをお母さんって呼んでね」

手を繋いだまま、わたしは交番に向かった。緑色の屋根をしたその建物の中には、お巡りさんがふたりいて、楽しそうになにか話していた。

「あの、こんにちは」

入り口に立ち、そう声をかける。ここまで来たのに、中に入る勇気がない。足が自然ととまってしまう。

「どうしたの」

若いお巡りさんが尋ねてきた。

「友達のところに行きたいんですけど、どうやって行けばいいのかわからないんです。教えてもらえませんか」

考えに考えた台詞《せりふ》を、わたしはそっくり口にした。住所はこれですと言って、あの紙をお巡りさんに差し出す。気軽に受け取ったお巡りさんは、ああ香取台《かとりだい》かと口にして、それから壁にかかっている大きな地図に目を移した。香取台香取台、三丁目三丁目、なんて呟《つぶや》いている。

じっと待っていたら、年上のお巡りさんが尋ねてきた。

「ずいぶん若いお母さんだね」

はい、とわたしは頷いた。

「若気の至りでして」

照れて笑うと、お巡りさんも照れて笑った。

「お母さんが若いと自慢できるな」

これはハナちゃんへの言葉。

ハナちゃんはわたしを見てからお巡りさんを見て、ようやく頷いた。

「何歳？」

「ええと、八歳です」

実ははっきり知らない。

「八歳？　ずいぶん大きいね？」

「え、そうですか」

「うちの子もね、八歳でね。もっと小さいよ。クラスでは大きい方だけど。本当に八歳？」

背中にじっとり汗が滲《にじ》んだ。別に悪いことをしているわけではないけれど、嘘を吐いているのは確かだ。

「もうすぐ九歳です」

ハナちゃんが言った。それでようやく、お巡りさんは納得したようだった。

「ああ、じゃあ、うちのより一学年上なんだな」

やがて若いお巡りさんが戻ってきて、メモを渡してくれた。小さな白い紙で、隅に黄色いキャラクターの絵が描いてある。


四番乗り場、若柴循環、香取台、七番目――。


メモにはそんなことが記してあった。若いお巡りさんが意味を説明してくれた。東口にある四番乗り場で待ってると赤いバスが来るから、若柴循環に乗ること。香取台というバス停で降りること。香取台は七番目のバス停だということ。

「ありがとうございました」

わたしは丁寧に礼を言って、頭を下げた。伸びてきた髪が、視界の半分を塞《ふさ》ぐ。その残りの半分に、同じように頭を下げているハナちゃんの姿があった。

「じゃあ、気をつけて」

年上のお巡りさんの言葉に頷き、バス停が並ぶロータリーに向かった。わたしたちが出てしまったのは西口で、ロータリーは逆の東口にある。もう一度、駅の中を突っ切らなきゃいけない。

そうして少し進んだところで、

「ああ、君たち！　ちょっと待って！」

後ろから声が聞こえた。

振り返ると、若いお巡りさんがわたしたちに向かって駆けてきていた。とっさに逃げ出しそうになったものの、別に悪いことをしているわけじゃない。逃げることなんてない。それでも走り出さずにすんだのは、彼がすぐわたしたちに追いついたからだった。

お巡りさんが手を伸ばしてきた。

「これ」

差し出されたのは、一枚の紙だった。

あの紙。

ハナちゃんのお父さんの住所が書いてある大切な紙。

「ごめん。返すの忘れてたね」

頑張って走ってきたお巡りさんは息を切らしていた。この人を騙《だま》しているのだと思うと後ろめたい。

「ありがとうございました」

ちゃんと頭を下げ、心からの礼を言った。

やってきたバスに乗り込み、わたしたちは揃って座席に腰かけた。ハナちゃんは窓の向こうをずっと見ている。わたしと喋《しゃべ》りたくなかったのかもしれないし、お父さんの住む町を確認したかったのかもしれない。車酔いするタイプだから外の景色を見ていたかったという可能性もある。狭い座席に収まり、わたしは順番にやってくるバス停を数えていた。バスの運転は荒っぽくて、停まるたびにわたしたちの体は前に傾き、走り出すたびに背もたれに押しつけられた。やがて次は香取台というアナウンスが流れたので、わたしは停車ボタンを押した。

その途端、バスの中にあるすべての停車ボタンが赤く光った。

ハナちゃんの様子を窺《うかが》ってみたところ、彼女はまだ窓の外を見ていた。ギンガムチェックのワンピースはとてもかわいかったし、後ろできっちり結んだ髪は癖がなくて羨《うらや》ましいくらいだ。髪留めには水色のガラス玉がついていた。その表面はきらきらしていて、停車ボタンの赤い光がうっすらと映っている。その赤が消えると同時に、大きく揺れてからバスは停まった。

どこにでもあるような住宅地だった。古い家があれば新しい家もあって、大きな家があれば小さな家もある。顔を上げると、黒い電線がゆったり長い弧を描きながら電柱を渡っているのが目に入ってきた。

よく見ると、先の尖《とが》った電柱と、尖っていない電柱があった。どうして二種類あるんだろうか。

ねえ、とわたしは言った。

「電柱を見て。尖ってるのと、尖ってないのがあるよね」

「あ、本当だ」

そんなことをしてる場合じゃないのに、わたしたちは電柱をじっくり観察した。高い電柱はどれも尖っている。あと四つ角に立っているのも尖っている。わかったのはそこまで、あとはさっぱりだった。

「鳥がとまらないようにとか？」

そう言ったのはハナちゃんだった。電柱に話が逸《そ》れてから、彼女は少し元気を取り戻していた。

なるほど、とわたしは頷《うなず》いた。

「ハナちゃん、頭いいね。それはあるかも。だけど、どうして鳥がとまっていい電柱と、とまっちゃいけない電柱があるんだろう」

その新しい問いは、ついに謎のままだった。いくら考えてもわからない。頭のいいハナちゃんも首を傾げるばかりだ。

さて、いよいよ本番だった。

「ハナちゃん、行こう」

彼女の手を取って、わたしは歩き始めた。さっき電柱を観察してたときは楽しそうだったのに、歩き始めた途端、ハナちゃんはおとなしくなった。ずっとうつむき気味で、なにも喋らない。

電柱のことだけ話していられればどんなにいいだろうとわたしは思った。そうすれば誰も悲しまないし苦しまないし、さして嬉《うれ》しくもないし楽しくもない。ただ、人はたぶん、電柱のことだけ話して過ごすわけにはいかないのだ。世の中には電柱よりも大切なことがあって、そちらを優先しなければならなくなる。なぜだか、そうなる。そして悲しんだり苦しんだり、嬉しくなったり楽しくなったりする。下らないことだと思うけれど、それはお腹が空《す》くのと同じようにどうしようもないことだった。

お巡りさんがくれた地図のおかげで、お父さんの家はすぐ見つかった。家といっても二階建てのアパートで、とても立派とは言い難い。白い壁はだいぶ汚れており、大家がセイちゃんなら塗り替えているだろう。一階の端にある部屋の前に、オモチャみたいにカラフルな三輪車が置かれていた。あそこかと思ったものの、紙に書かれている部屋番号は二〇三、つまり二階だ。

階段を上ろうとしたら、ハナちゃんが動かなくなった。今までにも何回か、バスに乗るときとか降りるときに同じことがあった。そういう場合、強引に引っ張るとハナちゃんはそれ以上抵抗せずについてきた。だけど今回は違った。どんなに引っ張っても、頑として動こうとしない。わたしの右足は階段の一段目に乗ったまま、左足は地面に着いたまま。行こうよと強い声で言ったら、ハナちゃんはすぐ首を横に振った。

「嫌だ」

彼女がこんなにはっきりものを言うのは初めて聞いた。

「ねえ、行こう。だって、ここまで来たんだよ」

「嫌だ」

「ハナちゃん」

「嫌だって言ったら嫌」

呆《あき》れて手を緩めた途端、彼女は逃げ出した。普段はのんびりしている彼女の、あまりにも機敏な行動にびっくりし、追いかけるのが少し遅れてしまった。それでも数十メートルほど走って彼女を捕まえ、むりやりアパートへと引っ張っていった。

「嫌だ！　帰る！　嫌だ！」

彼女は喚《わめ》いていた。

「大きい声を出したらお父さんに聞こえるよ。すぐ見つかるよ」

「嫌だ！　帰る！」

「絶対につれていくからね」

「放して！」

「帰ったら、どこに行ってたのって聞かれるよ。お母さんに怒られるよ」

「知らない！」

「そんな甘えたことが通じると思うな」

わたしは思いっきりドスのこもった声で言った。

「子供だからってなにもかも許されるわけないでしょう」

「うるさい！」

「ああ、うるさいよ。うるさく言うよ。嫌なことだって口にしてやるからね。会いたくてここまで来たんでしょう。だったら会いなよ。喋りなよ。でないと、もう一生お父さんとは会えないかもしれないんだよ。正直言って、わたしはなんでハナちゃんがお父さんに会いたいって思うのかさっぱりわからない。だって、わたしはお父さんと暮らしてたし、うざいって思うことの方が多かったからね。親っていうか、大人なんて、ろくなもんじゃないんだよ。ほんとムカつくことばっかりで嫌になるよ。わたしの知り合いがさ、奥さんのいる男と付き合ってるのね。その人、奥さんの携帯に電話かけたんだよ。間違い電話の振りして。声を聞きたかったからなんだけど、本当はもっと別のことをしたかったのかもしれないって思うよ。奥さん、いい人だった。間違いましたごめんなさいって言ったら、いいんですよなんて言うわけ。ひどい人だと、間違い電話だとわかった途端、なんにも言わないで切ったりするのに。大人って馬鹿みたいでしょう。そんな電話かけるんだよ。自分でもなにしたいのかわからないのにさ。ハナちゃんのお父さんだって、きっと同じくらい馬鹿だよ。だからお父さんに会いたいっていうハナちゃんの気持ちはまったくわからない。鼻で笑っちゃうね。ガキだよね、ハナちゃんって。夢を見すぎだよ。でも、とにかく来たんでしょう。だったら会いなよ。ここで自分を誤魔化《ごまか》して逃げ出すのは卑怯《ひきょう》だよ」

わたしの言葉がハナちゃんに通じたのかどうかわからない。だいたい自分でもなにを言ってるのかよくわからないのだ。それに、わたしは卑怯なんて言葉を使う気はなかった。もっと別の言い方をするつもりだった。

一度放たれてしまった言葉は取り返せない。そう、後悔したって戻らないのだ。溢《あふ》れる言葉の勢いに押されたのか、ハナちゃんはびっくりしてわたしを見つめていた。その勢いのまま、わたしは歩き出した。痛い痛いとハナちゃんが訴えるように言ったけれど聞かなかった。たとえどれだけ嫌がってもハナちゃんをつれていくつもりだった。そうしなければ、わたしの気が治まらなかった。

「行くから。でもお願い。お願いがあるの」

聞こえてきた声の意味が、しばらくわからなかった。

「なんて言ったの」

立ち止まり、尋ねる。

「わたし、行く」

ハナちゃんはすぐに答えた。

「だからマニキュア塗って」

「マニキュア？」

リュックを下ろすと、ハナちゃんはその場にしゃがみこんだ。ワンピースの裾《すそ》が持ち上がり、よく日焼けした膝《ひざ》がふたつ現れる。女の膝ではなく、子供の膝だった。

彼女がリュックから取り出したのはマニキュアの瓶だった。

「ハナちゃんのお母さんの？」

「うん」

「持ってきたの？」

「うん」

「これを塗るの？」

「うん」

なにを聞いても、すぐに返事をする。覚悟を決めたということだろうか。渡された瓶を日にかざすと、ものすごく鮮やかな赤だった。明らかな選択ミスだ。こんなに赤いマニキュアは、小さな子の小さな手には似合わない。薄いピンクの方が絶対にいい。どうしようかと迷ったけれど、今から店を探して買うわけにもいかなかった。

こっちに来てと言って、わたしは道路の端にハナちゃんをつれていった。

「手を出して」

ふたりとも立ったまま塗るのは難しいので、アパートの前に造られた小さな花壇に並んで腰かけた。ハナちゃんは服が汚れるのを気にして、ハンカチをレンガの上に敷いてから座った。

蓋《ふた》を開けると、つんとする匂いが漂ってくる。

「マニキュアを塗るのは初めてだよね」

「うん」

「じゃあ、できるだけきれいに塗ってあげるね」

「うん」

「もっと指を開いて」

小さな爪に、紅を載せる。わたしが初めてマニキュアを塗ったのはいつだったろうか。今のハナちゃんより、ずっと遅かったはずだ。中学二年とか三年くらい。最初は全然うまく塗れなくて、はみ出してばっかりだった。もちろん今はきれいに塗ることができる。そう、あれからわたしはいろんなことを知った。身につけた。そして同じだけのなにかを失った。

「ハナちゃん、足も出して」

「ペディキュアって言ってね、足の爪にも塗るの。ついでだからやってあげる」

「足も？」

十分ほどで、すべての爪が鮮やかな赤に染まった。

「速乾性だけど、少し時間がかかるから気をつけて。服につけないようにね」

頷《うなず》いたハナちゃんは、自分の指をうっとりと見つめた。わたしからすると、やっぱり子供の手に赤は強すぎると思うけれど、そこには妙な艶《なまめ》かしさが宿っていた。きれいだねと言葉が漏れ、ハナちゃんは嬉《うれ》しそうに笑いながら頷いた。

マニキュアが乾くのを待つあいだ、わたしは弥生さんや睦月君と話したことを思い出していた。

どうしてわたしはセイちゃんと付き合ってるんだろう。彼は奥さんを愛していて、子供がもうすぐ産まれる。お金のために付き合ってると割り切ればいいと思ったものの、とてもできそうになかった。彼とキスをし、裸で抱き合っていると、たまらなく愛《いと》おしく思う。

セイちゃんが好きだ。

それはどうしようもない事実。

彼に奥さんがいることも。

子供が産まれることも。

すべて自分が選んだこととはいえ、その愚かさに泣きたくなってきた。さっきの罵詈《ばり》雑言をわたしにぶつけたい。

罵《のの》られるべきなのはハナちゃんじゃなかった。わたしだった。


本音を言えば、ハナちゃんのためを思ってここまで来たわけではなかった。苛々《いらいら》する気持ちをどうにかしたくてたまらず、なんでもいいから馬鹿なことをしたいという勢いで、ハナちゃんを強引に引っ張ってきたのだった。

「ねえ、乾いた」

シャツの袖《そで》を引っ張られた。いつの間にか、そんなに時間がたっていたらしい。ちょっとぼんやりしていた。

触ってみると、ちゃんとマニキュアは乾いていた。

「じゃあ、行こうか」

ふたり並んで階段を上った。錆《さ》びた鉄製の階段はカンカンと安っぽい音がした。

「ハナちゃん、ごめん」

そう言うと、彼女はよくわからないという顔で見つめてきた。いきなり謝られて戸惑っている感じだった。

「わたしの勝手なんだ」

やっぱり彼女は戸惑っている。それ以上は言葉にならず、わたしたちは黙ったまま階段を上った。階段だけが、カンカンと安っぽく鳴るばかりだった。上りきったすぐそこにあるのが二〇一、次が二〇二、最後が二〇三。わたしとハナちゃんはその前で立ち止まり、自然と顔を合わせた。

わたしは手を見せてと言った。ハナちゃんは両手を広げた。

「きれいだね」

赤く塗られた小さな爪。十の花びらのよう。

「じゃあ、ノックするね」

彼女が頷いたのを確認してから、わたしはドアを叩《たた》いた。誰もいない可能性がそのとき頭に浮かんだけれど、すぐに男の声で「はーい」と返事がした。開いたドアから現れた男の人は、襟首がだらしなく伸びたTシャツを着ていて、わりと男前で、それからハナちゃんそっくりの目と鼻と唇をしていた。

いきなり訪ねてきた女ふたりに、彼は戸惑っていた。

「こんにちは」

わたしは頭を下げた。ハナちゃんもわたしに釣られたように頭を下げた。

「娘さんをつれてきました」

9 水鉄砲

感動の再会なんてものはなかった。ああ、そう、とハナちゃんのお父さんは言って、わたしたちを家に上げてくれた。どうやらひとりで暮らしているらしく、家族の気配はまったく感じられない。家族がいれば、いろんなものが自然と増えてしまうものなのだ。部屋の隅にお母さんのストッキングが落ちていたり、片付けられない服が積み重なっていたり、学校から渡されたプリントがあちこちに貼ってあったり。わたしの実家がそうだから、よくわかる。

部屋に置かれているのは、男物ばかりだった。完全に、確実に、男がひとりで住んでいるところだった。

奥の和室に案内され、わたしとハナちゃんは並んで座った。

「麦茶でいい？」

キッチンの方から尋ねられた。

ハナちゃんを見たけれど、彼女は黙ったままだ。ちゃんと正座して座っていた。膝の上で両手を重ねている。薄暗い室内でも、赤い爪は鮮やかだった。

わたしは顔をキッチンに向けた。

「はい。麦茶でいいです」

麦茶の入ったグラスを両手にひとつずつ持って、お父さんが戻ってきた。お盆なんてないのだろう。わたしとハナちゃんの前に置かれたグラスは、どちらも地元の銀行名が書いてあった。

キッチンにもう一度行き、今度は自分の分のカップだけ持って、彼はわたしたちの前に座った。三つの器は揃っておらず、それどころかお父さんのは正確にはマグカップだ。スタジオジブリの絵が描いてある。

向かい合ったものの、なにを話していいかわからない。あなたの娘です、なんてまた言うのは変だ。どうして放っておいたんですか、と責めるのも筋違いだ。なにしろ吉田さんが勝手に産んでしまった子供だし。いや、子供を作った責任はあるのか。まあ、どちらにしろ、わたしは責める立場にない。口にできないことばかりが頭の中を流れていく。

わたしたちが黙っているあいだに、グラスがいっぱい汗をかいた。

「お母さんって吉田佐和子？」

彼はハナちゃんに尋ねていた。わたしは黙っていたけれど、いつまでたってもハナちゃんが喋《しゃべ》り出さないので、やむなく口を出した。

「そうです」

「ここまで来るの大変だっただろう」

ハナちゃんは黙っている。頷いたりもしない。

「よく住所がわかったな」

返事がないので、お父さんは麦茶をごくごく飲んだ。

「暑かっただろう」

もはや誰に向けられた言葉かわからなかった。ただ沈黙が続く。お父さんは麦茶を飲んだ。わたしも飲んだ。ハナちゃんはまったく動かなかった。冷えすぎた麦茶を飲みながら、吉田さんのライバルはどこに行ったのかなと思った。

ハナちゃんより十日早くできた子供は?

そのハナちゃんはずっとうつむいていて、まったく喋らなかった。お父さんがなにか尋ねても押し黙るばかり。わたしは彼に教えてやりたかった。もう少し待たないと、ハナちゃんは答えられないんです。十五秒待って下さい。じっと待ってれば、いくらかは言葉が出てきますから。けれど、そんなことをハナちゃんの前で言えなかったし、もしかすると十五秒待っても三十秒待ってもハナちゃんは黙ったままなのかもしれなかった。

「大きくなったな」

お父さんの顔に感情が表れたのは、その言葉を発したときだけだった。彼は驚いていた。

そしてちょっと嬉《うれ》しそうで、かなり戸惑っていた。

ろくに会話もないまま、時間だけが過ぎていった。途中から、わたしは風に揺れるカーテンを眺めていた。垂れ下がったカーテンはたいていゆらゆらと揺れているのに、時折大きくまくれあがる。風の流れが均一ではないのだ。

あっという間に三十分ほどが過ぎ、お父さんが時計を気にし始めた。

「あのさ、悪いんだけど」

彼は言った。

「そろそろ仕事なんだよ」

ハナちゃんはなにを言われたのかわからないという顔をしている。もちろん意味はわかっているのだろうけれど。

代わりにわたしが応じた。

「もう帰った方がいいですか」

「俺、あと少しで出なきゃいけないから」

「わかりました」

わたしばかりが話している。

「悪いね。わざわざ来てもらったのに」

「いえ、こちらこそ、いきなり訪ねてきてすみませんでした」

送っていくとお父さんが言ってくれたので甘えることにした。ハナちゃんを引きずってここまで来たのに、あっさりと始まり、あっさりと終わってしまった。アパートの前に停まっていた白い車に乗り、わたしたちは駅まで送ってもらうことになった。

あることを思い出したのは、車が走り出した直後だった。

「あの、お聞きしていいですか」

「なに」

「ハナちゃんと同じ時期に、もうひとりお子さんが産まれてますよね」

彼はびっくりしてわたしを見た。スピードが急に落ちたせいで、背後から派手なクラクションを鳴らされた。

がくんと揺れてから、車はふたたびスピードを増した。

「あなた、誰なの」

「吉田さんの、えっと、その、友達です」

「佐和子に頼まれたわけ」

「いえ、そういうわけじゃなくて。ハナちゃんが会いたいというので付き添ってきただけです」

他にもいろいろ尋ねられるのかと思って身構えたものの、彼は別のことを考えているようだった。

「亜由美とは離婚して、今は別に暮らしてる。すぐ近くだけど」

「近いんですか」

「車で十分くらい。あいつの実家があって、息子もそっちで暮らしてるんだ」

迷った末、思いきって言ってみることにした。

「お子さんに会えないですか」

「どうして」

「ついでだし、もうこんな機会はないかもしれないんで、ハナちゃんをお兄ちゃんに会わせてあげたいんです。一生に一度の機会ですから、お願いします」

嘘だった。わたしはその亜由美さんの産んだ子供を見たかったのだ。ハナちゃんをダシに使っただけだ。

「仕事があるんだけどな」

そんなことを言いつつも、彼はハンドルを切った。そして携帯電話でどこかと連絡を取った。すみません。顧客のところに仕事前に寄ったら捕まっちゃって。すみません。少し遅れます。ええ、はい。わかってます。すみません。

「もうちょっとかかるよ」

言ってから、車は加速した。

着いたのは家ではなく、児童館の前だった。車をガードレールに寄せて停めると、彼はエンジンを切った。音と振動が収まり、クーラーの風もとまって、いきなり静かになった。

運転席のお父さんは振り向くことなく言った。

「俺はさ、勝手に会っちゃいけないんだよ。そういう取り決めなんだ。あんたたちだけで会ってきてくれ。俺は知らなかったことにするから。ほら、あそこの白い帽子が息子だ」

小さな運動場を、たくさんの子供たちが元気に駆けまわっていた。彼が指差した滑り台の上に、白い帽子をかぶった男の子がいた。

暑くなってきたのか、お父さんはふたたび車のエンジンをかけた。

クーラーが生ぬるい風を吹き出す。

「待っててもらえますか。少しだけ話したら、すぐに戻ってきますから」

「そのつもりだけど」

「じゃあ、お願いします」

ハナちゃんと一緒に車から降りると、わたしたちの影が道路に伸びた。長い影はわたし、短い影はハナちゃん。実際のわたしたちと同じように、影もまた、しっかりと手を繋《つな》いでいた。

子供と一緒だったせいか、誰にもとめられることなく、運動場に入ることができた。

小さな滑り台の上にいる男の子に、声をかける。

「ねえ、君、聞きたいことが――」

途中から言葉が消え、悲鳴に変わってしまった。顔を触ると濡《ぬ》れていた。冷たい。水だ。

男の子が水鉄砲でわたしを撃ったのだった。

「なにするの。冷たいでしょう」

怒ったけれど、男の子は笑っている。そしてまた撃ってくる。ただ遊びに興じているのとは、なにかが違った。

なんだか、すごく意地悪な感じ。

「当たった！　命中！」

そんなことを言って、せせら笑っているし。

ふと顔を横にやると、ハナちゃんが自分のワンピースを見ていた。ハナちゃんのお気に入りのワンピース。赤いギンガムチェック。それがべったり濡れていた。わたしが見ているそばから、さらに濡れていく。

水鉄砲の連射だ。

男の子が意地悪そうに笑いながら、ハナちゃんを撃ちまくっているのだった。

そこから先は考えて取った行動じゃなかった。わたしは滑り台のスロープに足をかけ、一気に登った。しょせん子供用だ。すぐ上の段に達し、逃げようとしていた男の子を捕まえた。

「やめろ！　痛い！　やめろ！」

もちろんやめない。がっしり首根っこを摑《つか》んだ。さて、どう下りようか。これだけ暴れている男の子を抱えたまま、ステップを使うのは危ないだろう。しばらく考えた末、彼を後ろから抱きすくめながら、スロープを滑った。するん、という感じがすごく懐かしくて、少し怖い。地面でお尻《しり》を打ってしまった。ズボンが汚れたなと思ったものの、そんなことを気にしている場合ではない。

暴れる男の子を引きずって、わたしはハナちゃんの前につれていった。

「謝りなさい」

男の子はふて腐れている。

「謝らないと怒るよ。嘘じゃないからね。本気で怒るよ」

彼はそわそわし始めた。

「ほら、謝りなさい」

最後はむりやりだった。彼の頭を押さえ、強引にごめんなさいと言わせた。それが、兄と妹の、初対面だった。

ハナちゃんは結局、お兄ちゃんとまともに話すことはできなかった。

車に戻ると、お父さんは目を丸くしていた。

「あんたすごいな。子供相手に本気になるんだもんな。滑り台を登り出したときは、見ててひやひやしたよ。とめに入ろうかと思ったけど、その前に片が付いたんでほっとした」

いや、よくやってくれました、と彼は言った。

「俺に似たのか、あいつは乱暴に育っちゃってね。ちょっと問題児扱いされてるんだ。あんたみたいに怒った方がいいんだよ。俺はそうしてたんだけど、なんかいろいろ面倒臭いことを言われてさ」

話にちょっとよくわからない部分があった。興奮してる自分に気付いたのか、お父さんは急に黙り込んでしまった。

車から降りるとき、お父さんがハナちゃんを呼び止めた。

「声を聞かせてくれないか」

そういえばハナちゃんはお父さんと一言も話していない。

五秒たった。

七秒たった。

十秒たった。

たぶん、それからさらに五秒か六秒はたったと思う。ハナちゃんはじっとお父さんを見つめながら言った。

「本当にお父さんですか」

意外としっかりした声だった。

お父さんは頷《うなず》いた。

「佐和子の娘だろう。だったら俺の子供だよ。女房が出ていくとき、佐和子も俺の子供を産んだって教えてくれたんだ。会わないで欲しいって佐和子に言われたから今まで会わなかったけど」

わざわざ来てくれてありがとうな、とお父さんは言った。佐和子がいいって言うなら、いつでも来ていいから。

ハナちゃんはリュックを下ろし、黒い筒を抜きとった。

「これ」

そう言って、お父さんに筒を差し出す。

「俺に？　くれるの？」

ハナちゃんは頷き、お父さんは筒を受け取った。わたしたちが降りると、車はすぐに走り出した。

「終わっちゃったね」

遠ざかる車を見ながら、わたしは力の抜けた声で言った。

「あっさりだったね」

涙を流して抱き合うことを予想していたわけではない。罵《のの》り合うと思っていたわけでもない。それでも、もっとなにかあっていいような気がした。ああ、男の子とは格闘したか。あれはちょっとまずかったかもしれない。

まあ、こんなものだ。期待しても現実は裏切る。諦《あきら》めていてもやっぱり裏切る。

ハナちゃんは、自分の手を見ていた。小さな手をいっぱいに広げ、赤い爪を十も並べていた。

とてもきれいだなと思った。

「お父さん、気付いたかな」

彼女が思っているであろうことを口にしてみた。

「聞いてみればよかったね」

もう夕方で、駅は人でいっぱいだった。改札から次々と人が溢《あふ》れ出てきて、次々と人が入っていく。その流れに飲まれながらわたしたちはホームに下り、むりやり押されて、巻き込まれて、やってきた電車に乗っていた。帰宅ラッシュの電車はぎゅうぎゅうに混んでおり、汗の臭いがすごかった。目の前に立ったおじさんの肩胛骨《けんこうこつ》に顔が押しつけられる。電車が揺れた拍子に、わたしとハナちゃんのあいだにおじさんの体が入ってしまった。ハナちゃんがだんだん離れてゆく。このままだと、はぐれてしまうかもしれない。わたしは焦ったし、ハナちゃんはもっと焦っていた。ほとんど泣きそうな顔になっている。やがて電車が駅に停まって、少しだけ人が降りた。

わずかな空間を縫うようにして、ハナちゃんが駆けてきた。

「お母さん！」

わたしの腕に飛び込んだ彼女がそう言ったものだから、びっくりしてしまった。

お母さん？　どうして？

戸惑いながらも、引き離されないように、ハナちゃんをしっかり抱きしめた。意味を悟ったのは、人が乗ってきたときだった。ぎゅうぎゅうと押されながら思い出した。

ハナちゃん、これからわたしをお母さんって呼ぶんだよ。とにかく、絶対にわたしをお母さんって呼んでね——。

交番に行く前にそう言ったことを、ハナちゃんはまだ律儀に守っているのだ。あの場だけの方便だったものの、子供にそんなことわかるわけがない。

冷房が効いてるはずなのに車内は暑く、湿度も高くて、ひどく気持ち悪かった。腕の中に収まっているハナちゃんに大丈夫と尋ねると、彼女はどうにか頷いた。小さな額が汗に濡れている。どこかの駅でちょうど立ち食い蕎麦《そば》屋のある場所に停まってしまったらしく、ドアが開いた途端、鰹《かつお》ダシの強烈な臭いが車内に流れ込んできた。すっかり疲れきって、くたくたで不機嫌になっていたわたしは、それでよけいに気持ち悪くなってしまい、息をとめて耐えた。ハナちゃんは手で口と鼻を覆っている。目が合ったわたしたちは、お互いに困ったねという顔をした。

気持ちがそのとき、確かに通じた。ふたりとも同じことを思った。

わたしは息をとめたまま、ハナちゃんは口と鼻を覆ったまま、ともに目で笑い合った。

電車が走り出してから、ようやくわたしは満員電車に乗るときのコツを思い出した。人の動きに逆らわず、いっそ体を預けてしまえばいいのだ。みんなと同じように揺れていればいい。逆らうから体力を使う。

ハナちゃん、とわたしは言った。

「体に力を入れちゃ駄目。みんなと同じように揺れるの。これだけ混んでたら、足の力を抜いても平気なくらいだから。クラゲみたいに揺れてればいいんだよ」

「クラゲ？」

「そう、あんな感じでゆらゆらしてればいいの」

ハナちゃんはなかなかコツがわからなくて戸惑っていたけれど、しばらくすると慣れたようだった。

びっくりした顔で、

「本当だ。この方が楽だね」

と話しかけてきた。
「そうでしょ。電車通学になったら毎日だから覚えておいた方がいいよ」
クラゲみたいにゆらゆら揺れながら、わたしとハナちゃんは電車に乗っていた。やがて、わたしたちが住む町に電車は滑り込み、たくさんの人と一緒にホームに吐き出された。
息がちゃんとできるようになったので、わたしたちは何度も何度も深呼吸を繰り返した。
ところで吉田さんの勝負はどうだったんだろう。五対三どころか、もっと盛り返してい
る気がする。向こうだって、もう別れてるわけだから、それを考えると逆転かも。いや、
いったん籍を入れた以上、引き分けかな。なかなか難しいところだ。
夕方の道をふたりで歩いた。まるで本当のお母さんになった気分だった。繋《つな》いだ手は小
さく、彼女の頭はわたしの胸くらいまでしかない。
なんて愛《いと》おしいんだろうか……。
ふいに湧き上がってきた感情に、わたしは戸惑った。この子を守ってあげたい。ありと
あらゆる汚いことから遠ざけたい。吉田さんがハナちゃんを産んだ意味がわかった。後悔
していないという言葉も理解できた。
「お父さんにあげた筒ってなんだったの」
習字、とハナちゃんは言った。
「ハナちゃん、習字教室に通ってるものね。それはいいアイデアだね。なんて書いたの。

まさか『お父さん』とか」

冗談だったのに、ハナちゃんの顔が真っ赤になった。

「え、本当にそうなの」

どんどん赤くなっていく。十五秒待っても、三十秒たっても、それどころか五分たっても、ハナちゃんはなにも喋《しゃべ》らなくなってしまった。他のことを尋ねても黙ったままだった。

わたしたちは手を繋いだまま、言葉を交わすことなく歩き続けた。そして、それでよかった。喋らなくても平気だった。

だって、わたしたちはちゃんと手を繋いでいるのだ。

10　真夜中、コンビニに行くように

最近、セイちゃんは忙しそうだ。町中を選挙カーが走りまわるようになるにつれ、彼の帰りはどんどん遅くなり、頬がこけてきた。

「大丈夫なの」

心配して尋ねると、もう少しだからと言う。

「あと一週間で投票だしな。本当はどっちが勝っても俺はいいんだよ。でも叔父貴《おじき》ががっつり食い込んでるから、表面上は俺も頑張らないといけないわけ。義理みたいなもんだよ」

「叔父さんに借りでもあるの」

「まあ、ちょっとだけ。親父の借金騒動のとき、叔父貴にいくらか資金をまわしてもらったからさ」

お金を借りたということだろうか。

せっかくの新婚生活だというのに、夫がなかなか帰ってこないのはすごく寂しい。だけど、これも新婚生活の一部なんだと思うことにして、わたしは押し入れで過ごしていた。セイちゃんがいないと、わたしは押し入れから出られなくなっていた。押し入れだけがわたしの場所だった。小さな小さなシェルター。

そうして、いつものように押し入れでごろごろ寝転んでいたら、玄関ドアが開く音が聞こえてきた。

セイちゃんが帰ってきたんだ！

押し入れから慌てて出ようとしたところで、ふいに違和感を覚えた。廊下を歩く足音がセイちゃんじゃない。

もっと軽い。

なのに重い。

相反する感覚に戸惑い、わたしは半分だけ顔を引っ込めた。途端、今度はリビングのドアが開いた。姿を現したのは、セイちゃんじゃなかった。女の人だった。お腹がぱんぱんに膨れている。間違いない、セイちゃんの奥さんだ。びっくりしたけれど、さらにびっくりすることが起きた。彼女のあとを追って、セイちゃんが飛び込んできたのだ。

これ以上覗《のぞ》いていると見つかるので、完全に顔を引っ込め、襖《ふすま》も閉めた。

「なあ。ほら。だ、誰もいないだろう。怪文書を信じて帰ってくるなんて、なに考えてるんだよ。お、おまえ、もう臨月だろ。子供はど、どうするんだよ」

セイちゃんは焦りまくっていた。彼がこんなに慌てる声を聞いたのは初めてだ。あちこちの部屋のドアが、ばたんどたんと開いては閉まった。キッチン、寝室、セイちゃんの仕事部屋、物置——。なにかを、いや、誰かを捜しているのだ。

「ほ、ほら、なんともないだろ。そんなに激しく動いて、い、いいのか。子供に悪いだろ。精神的な面っていうかさ。だから落ち着けよ」

「じゃあ、この変な手紙はなんなのよ！」

悲鳴のような声が聞こえた。それから紙を無茶苦茶に破る音。襖をぴったり閉めているので、なにが起きているのかわからないけれど、完全な修羅場だった。

そしておそらく、原因はわたしだ。

押し入れの前を奥さんが歩いていった。足音は軽いものの、勢いがついているからわかる。そのあとを追いかける重い足音はセイちゃんだ。

「これ、なに！」

「な、なにって」

「わたしのバッグじゃないんだけど！」

「さ、さあ。選挙事務所の人たちが前に来たから、誰か忘れていったんじゃないか」

「嘘つき！」

「そ、そんなことないって」

「じゃあ、玄関の靴はなによ！　女物じゃない！　靴も忘れていったってわけ？」

襖を開けてみたくなった。なにが起きているのか、セイちゃんがどんな顔をしているのか知りたい。けれど、そんなことをする勇気はなく、わたしは震え上がっていた。いったいどうしてこんなことになってしまったんだろう。

足音が近づいてくる。まっすぐ近づいてくる。迷いもなく近づいてくる。

あ、あ、あ、とセイちゃんの慌てる声。

ここで堂々としている度胸などわたしにあるわけがなく、愚かにも布団に潜り込もうとした。積み重なった布団の、できるだけ奥にまで入り込めば、あるいは——。しかし無理だった。潜り込もうとして一枚目を持ち上げた瞬間、襖が開けられ、差し込んだ光がわたしを打った。

まぶしくてなにも見えない。

「ほら、いたじゃない！」

光に慣れると、セイちゃんと奥さんの姿が目に入ってきた。そして同時に髪を摑《つか》まれた。すべての髪が抜けるのではないかという勢いで引っ張られ、苦しい呻《うめ》き声が漏れる。痛い痛い！　痛いよ！　やめて！　嫌だ！　痛い！　叫べば叫ぶほど引っ張る力は強くなり、わたしは押し入れの上段から落ちそうになった。

「やめろ、やめろって。そんなところから落としたら大怪我するから。俺が下りさせるよ。

な、ほら。手を放せよ。もうわかったって」

「なにがわかったのよ！」

びたーん、と音がした。ぐしゃぐしゃになった髪の隙間から、呆然《ぼうぜん》としてるセイちゃんの姿が見えた。張り飛ばされたショックを受け止められないでいる。一方、張り飛ばした奥さんはその場にしゃがみこみ、大声で泣き始めた。

最低だ。最悪だ。けれど現実だ。

呆然としていたところ、セイちゃんと目が合った。そのあとに起きたことが、わたしにとって一番ショックだった。セイちゃんの瞳《ひとみ》に光が戻ったかと思うと、あっさりわたしから視線をはずし、奥さんを抱きしめたのだ。すまん。俺が悪かった。あの女は森脇さんの事務所でウグイス嬢やってる子でさ。なんか迫られちゃって。俺、おまえがいなくて寂しかったからさ。すごいすごい寂しかったんだ。だから、ちょっとふらふらしたんだ。だけど心から愛してるのはおまえだけだから。本当だよ。わかってるだろ。だって俺、おまえのこと本当に好きなんだから。それで寂しくなっちゃったんだよ。なあ、悪かった。許してくれ。もう絶対やらないし、だいたい気の迷いだったんだ。遊びっていうかさ。ほら、泣くなよ。ごめんな。俺が悪かったよ。なあ、許してくれよ。

いつの間にかセイちゃんも涙を流していて、夫婦の泣き声が家中に響いていた。けれど奥さんがセイちゃんの言葉を信じるはずがなく、もう嫌よと言って部屋を駆け出して、そのあとをセイちゃんが追う。

いきなり静寂がやってきた。押し入れにいるわたしを残し、みんな去ってしまったのだ。なにもかもがあっという間だった。奥さんが入ってきてから出ていくまで十分もなかっただろう。

そうして、わたしの新婚生活（仮）は終わった。

恋そのものも。


わたしが中学生のころ、お祖父《じい》ちゃんが大手術をしたことがある。お祖父ちゃんはずっと腎臓《じんぞう》が悪く、その影響で体中のありとあらゆる器官もおかしくなってしまった。やがて心臓を覆う血管が詰まり、生きるか死ぬかという大手術を受けなければいけなくなった。

手術を見届けるため、わたしたち家族は海辺の病院に集まった。

夜の病院に行ったのは初めてだったけれど、照明の半分が落とされていて、ただでさえ怖い場所なのに、薄暗いものだからよけいに怖かった。手術は無事終わったものの、朝になるまで様子を見る必要があると言われ、わたしたちは病院に泊まることになった。

お祖父ちゃんが入っているICUの前には大きなソファがいくつも置かれており、人がたくさん寝られるようになっていた。薄っぺらい布団や毛布もあって、お父さんとお母さんと叔母《おば》さんはそこに転がった。みんなはいろいろ話をしていたけれど、いつか言葉が尽きてしまい、なのに眠れず、そのうち誰かのお腹がぐうと鳴った。

「今のあなたでしょう」

「俺じゃない。香織だよ」

「違うよ。わたしじゃないよ」

「じゃあ、母さんだ」

もしかすると、そこにいる全員だったのかもしれない。わたしたちはすっかりお腹が減っていたのだ。

そういえば昼からなにも食べてないわねとお母さんが言い、わたしも食べるの忘れてたわと叔母さんが言った。お父さんがタクシーでここに来る途中にコンビニがあったぞと言ったので、みんなでそこにお弁当を買いに行くことにした。

病院は海のすぐそばにあったから、道を歩いていると、波の音がざあざあ聞こえた。コンクリート製の堤防の向こうを覗いても暗くてなにも見えず、ただ波の音が聞こえるばかりだった。

お父さん、お母さん、叔母さん、わたし、その四人で夜道をひたすら歩いた。お父さんがすぐそこだと言ったコンビニはなかなか現れず、ずいぶん歩いたころ、道のはるか先に看板がようやく見えた。

「遠いじゃないの」

お母さんは文句を言った。

「まだずいぶん歩くわよ」

「けっこうあるわね」

叔母さんは少しだけ控えめだった。

「おかしいな。あんなに遠かったかな。すぐだと思ったんだけどな」

みんなに責められ、お父さんは困っていた。

それでも、誰も引き返そうとは言わなかった。なにしろ、ここまで歩いてきたのだし、もう店の看板は見えているのだ。引き返すのは悔しい。みんなでお父さんを責めながら、ひたすら歩き続けた。

やがてたどり着いたコンビニはオアシスに見えた。わたしたちは途端に元気を取り戻し、いろんなものを買った。必要のないものまで買った。そうして膨らんだレジ袋を手にしたわたしたちは、今度は病院に向かって歩き出した。

しばらくしてから、お父さんがふと口にした。

「そうか。俺たち、馬鹿だよな」

なにがよとお母さんが尋ねた。

「お義父《とう》さんが生きるか死ぬかなのに、こんなもの買いに行くなんて」

答えながら、お父さんはレジ袋を持ち上げる。コンビニ弁当が入っているレジ袋。他にもテレビの番組雑誌や、イカの燻製《くんせい》や、饅頭《まんじゅう》なんかも入っている。わたしのレジ袋も似たようなもので、中身はコンビニ弁当と髪ゴムとクッキーだった。

「そういえば非常識ね」

叔母さんが言った。

「誰もついてないなんて」

「俺がまとめて買いにいけばよかったんだよな」

「お父さん、大丈夫かしら」

「急変はしないと思うけど」

「わからないわよ」

「早く帰りましょう」

「そんなに走ったって疲れるだけでたいして変わらないよ」

「それもそうね」

「なんでだろうな。なんでこんなことしてるんだろうな」

「馬鹿よねえ」

「本当に馬鹿だよな」

「まだずいぶん歩くわよ」

大人たちの声を聞きながら、まったくだとわたしも思った。大人が三人もいて、わたしだってそれくらいのことは考えればわかるはずなのに、どうしてお祖父ちゃんを放り出して、みんなでコンビニなんかに行ってるんだろう。

見上げた空には、星がいくつも輝いていた。ぴかぴかと瞬いていた。

その光を見ながら、こんなもんなんだろうなとわたしは思った。ここにいる誰もが、お祖父ちゃんのことを心配している。お母さんと叔母さんは、さっき思い出話をして泣いていた。なのに、ふたりとも今はけろりとして、愚かな自分たちを笑っているのだ。それに実際、夜の散歩はとても気持ちよかった。波音しか聞こえない海とか、ぴかぴか光るたくさんの星とか、道路に落ちる四つの影は、すごく特別なものに思えた。子供のように笑ってるお父さんたちも特別だった。わたしは、みんなと友達になったような気がした。お父さんはお父さんじゃなくて、お母さんもお母さんじゃなくて、叔母さんも叔母さんじゃなくて、滅多に会わないけれど、とても仲のいい友達のように思えた。

心配しながら病院に戻ってみると、なにも変わっていなかった。誰にも怒られなかった。わたしたちはコンビニ弁当を食べると、せっかく買ってきたお菓子には手をつけず、雑誌も読まず、もちろん髪ゴムも使わず、すぐに寝てしまった。数時間して起きたら、すぐに看護師さんがやってきて、お祖父さんが意識を取り戻しましたよとわたしたちに告げた。それで、わたしはほっとした。もしお祖父ちゃんが意識を取り戻さなかったら、わたしたちはあのコンビニ行きを一生悔いただろう。

人はたまに、とても愚かなことをしてしまう。真剣に生きてるとか、生きてないとか、そういうのは関係ないのだ。どれほど真剣であろうと、いや、真剣であればあるほど愚かなことをしてしまう。誰のせいでもない。誰が悪いわけでもない。

人なんて、しょせんはその程度の生き物なのだ。

「さて、始めますか」

睦月君は言って、弦を鳴らした。じゃららん、という響きがいよいよだという緊張感を運んでくる。

土曜の駅前には、たくさんの人がいた。あちこちに路上ミュージシャンが何人も出ていて、その音を競い合っている。わたしたちが――というのは、わたしと弥生さんと睦月君だ――場所を取ったのは、駅から一番離れた辺りだった。少し向こうでは人気のあるバンドが演奏しているらしく、若い少女たちがいっぱい集まり、リズムに合わせて勢いよく跳ねている。わさわさ揺れる彼女たちの髪は、まるでなにかの舞台装置のようだった。

一方、わたしたちの前にいる観客は、暇つぶしの大学生がひとりと、唇を黒く塗った若い女だけだった。

ふたりとも、わたしたちが演奏を始めたら去ってしまいそうだ。

「香織ちゃん、緊張してる?」

「し、してます」

どもってしまった。あのときのセイちゃんのように。それを見て、弥生さんはくすくす笑った。

「練習した通り、コーラスつければいいだけだから。あとタンバリンね」

「はい」

結局、わたしはセイちゃんの家から追い出された。奥さんに見つかったんだから、当たり前だ。そのあとのセイちゃんの冷たさったらなかった。一度だけ会ったけれど、すまんと繰り返すばかりで、ろくに目も見てくれなかった。わたしは言いたかった。ねえ、セイちゃん、セイちゃんはどうか知らないけれど、わたしはちゃんとあなたのことが好きだったんだよ。抱き合ってるとこのまま死んじゃってもいいと思った瞬間があったんだよ。こういうことになるのは仕方ないかもしれないけれど、目は見て欲しいよ。すまんばっかりじゃなくて、他のことも喋《しゃべ》って欲しいよ。

最悪なことに、手切れ金まで渡された。白い封筒の中にお札が詰まっていた。いらないと言おうとしたら、ついてきてくれた弥生さんがあっさり自分で受け取り、鞄《かばん》に入れてしまった。

あとになって弥生さんは言った。

「いらないなんて言ったたって、そんなの意地でしかないんだから。貰《もら》っておけばいいのよ。っていうかね、貰っておいた方が向こうもすっきりするわけ。金で片が付いたって思えるでしょう。だいたい香織ちゃん、貯金なんてろくにないんじゃないの。貰わなきゃ、すぐ食べるのにも困ることになるよ」

こういうときは、他人の方が冷静な判断を下せるのかもしれない。貰ったお金のおかげで、わたしはどうにか生活を立て直すことができそうだった。今はまだ弥生さんの家にお世話になってるけれど、そのうち住むところと仕事を見つけなければならないだろう。

家に住まわせてもらっているという恩もあり、半ば強制されてバンドを組むことになった。ボーカルは弥生さん、ギターは睦月君。ろくに楽器ができないわたしは、タンバリンとコーラス。

案の定、演奏を始めた途端、黒い唇の少女は立ち去り、辛抱強く聴いてくれていた大学生もやがて姿を消した。

誰もいないのに演奏するのは、なかなか空《むな》しい。

「まだ続けるんですか」

「演奏してれば誰か聴いてくれるかもしれないし、もちろん歌うわよ。そのうち若い男がわたしのセクシーボイスに惹《ひ》かれてやってくるって」

そうかなあ。さっきの大学生は去ってしまったけど。

「あとさ、香織ちゃん、そんなにビクビクしないで、もっと声を出してよ。でないとコーラスにならないでしょう。大丈夫、ちゃんと歌えてるから」

「本当ですか？」

「歌えてる。ね、睦月」

「う、うん」

睦月君は少しためらってから、ようやく頷《うなず》いた。

不安だ。ものすごく不安だ。わたしたちはもしかするとコミックバンドなのではないかという気がしてくる。弥生さんはブラックミュージックが好きで、睦月君はUKロックが好きで、それを交互に演奏してるものだから、統一性がまったくないのが原因のひとつだった。

「姉ちゃん、次はオアシスの『ロール・ウィズ・イット』だからな」

「わかってるって」

「香織さん、ノエルのパート、しっかり歌って下さいね」

「頑張るけど」

そのとき、子供と犬をつれた女性が現れた。まっすぐこちらに向かってくる。

誰かと思えば吉田さんだった。

「あら、やっぱり香織ちゃんだわ」

吉田さんは嬉《うれ》しそうに笑った。

あの日、ハナちゃんをお父さんに会わせたことで怒られるかもしれないと思ったのだけれど、意外にも吉田さんは喜んだ。もしかすると五対七くらいで勝ってるかもしれませんよと言うと、大きな声で笑ってくれもした。

「買い物に来たんだけど、似た人がいるなあって思って」

「なに買ったんですか」

「サハの新しいリードよ」

交換したばかりの赤い引き綱は、とてもかわいかった。まだ擦り傷のついていない金具がきらきらと光っている。似合うねとサハに言うと、その尻尾《しっぽ》の振りが大きくなった。話しかけられたのが嬉しかったのか、それとも褒められたのがわかったのか。

ハナちゃんがお母さんから手を離し、ほらと言って突き出してきた。

「自分で塗ったの」

きれいなピンクの爪が十個、目の前に広がった。

「あ、きれいだね」

はみ出してるけれど、そのうちうまくなるだろう。今はまあ、こんなものだ。

「香織さん、大変だったわねえ」

「ええ」

苦笑いするしかない。

「選挙のあれに利用されちゃったんですってね」

「みたいですね」

なになにと睦月君が尋ねてきたので、事情を知っている弥生さんがおもしろおかしく解説した。

「香織ちゃんの彼氏が、正確にはその叔父さんが市会議員候補の有力後援者でさ、その叔父さんの動きを牽制《けんせい》するのに、香織ちゃんと彼氏の件が使われたのよ。怪文書って奴？それを知った奥さんが逆上して北海道から帰ってきちゃったんだって。臨月なのによ」

「うわ、すごいっすね」

「我ながらひどかったわね。あれはちょっとした修羅場だったかも」

大人を装って、どうにか苦笑いを続ける。

正直、わたし自身は、こうして笑い話にできる余裕はまだなかった。だけど笑ってしまった方がいいのかもしれないとも思っていた。泣いて泣いて、どうにもならなくなったら、あとはもう笑うしかない。

まあ、でもまた泣くな。今はみんなといるから笑っていられるけど、ひとりになったら絶対泣く。

とはいえ、もっと大きな問題があった。

「あのさ、また会えないかな」

一週間ほど前、セイちゃんから、そういう電話があったのだ。

あれだけひどい目にあったのに、彼はまったく懲りていなかった。わたしとの関係を、まだ続けようとしている。おまえのことが忘れられないんだよ。本当に好きなんだ。嫁さんはほら、政略結婚みたいなものだっただろう。だから別れられないし、あのときはああするしかなかったんだよ。手切れ金の件も、そうしろって言われたから、そうしただけでさ。本当に好きなのはおまえだから。本当だよ。おまえだって、わかってるだろ。俺がどんなにおまえが好きなのか。付き合ってればわかるよな。おまえと一緒にいたいんだよ。

香織のことが好きなんだ。

弥生さんたちは猛烈に反対していた。

そんなの嘘だし、よりを戻してもひどい目にあうだけだからやめろと言っている。実際、わたし自身もそうだと思っていた。けれど、ふと気付くと、彼の言葉に期待している自分がいる。信じたい気になっている。わたしはセイちゃんのことが好きだった。嫌いな部分もあるけれど、心になにかが残っていた。

まあ、いい。

このことは、あとでまた考えよう。

わたしはハナちゃんの前にしゃがんだ。

「一曲聴いていかない、ハナちゃん。お姉ちゃんたち、今から歌うんだ」

「お母さん、聴いていっていい？」

「いいわよ、もちろん。わたしも聴きたいし。ちょっと楽しみね」

にこにこ笑っている親子に申し訳なくなった。ごめんなさい。全然うまくないんです。特にわたしが下手です。

これで観客はふたりだ。サハを入れると、ふたりと一匹。サハはその大きな尻尾を右に左にゆっくり揺らしている。

聴いてくれる人が来たことで、弥生さんと睦月君はやる気を出したらしい。睦月君は激しくギターを掻《か》き鳴らした。弥生さんはシャツを脱ぎ、タンクトップ姿になった。大きな胸が見事に揺れ、おヘソも見えている。

そして演奏が始まった。

わたしはリズムをはずさないよう気をつけながら、タンバリンを振った。やがてサビが近づいてくる。同じフレーズをひたすら繰り返すところだ。弥生さんがわたしを一瞬だけ見た。さっきの忠告を思い出せということだろう。

あいしんく、あいぶがっとあふぃぃりんぐ、あいぶろすといんさいど
そーていくみーあうぇい

あいしんく、あいぶがっとあふぃぃりんぐ、あいぶろすといんさいど
そーていくみーあうぇい
あいしんく、あいぶがっとあふぃぃりんぐ、あいぶろすといんさいど
そーていくみーあうぇい

わたしは声を精一杯出して、弥生さんに合わせた。睦月君も歌っている。奇跡的に、三人の声はきれいなハーモニーを作った。

あいしんく、あいぶがっとあふぃぃりんぐ、あいぶろすといんさいど
そーていくみーあうぇい
あいしんく、あいぶがっとあふぃぃりんぐ、あいぶろすといんさいど
そーていくみーあうぇい
あいしんく、あいぶがっとあふぃぃりんぐ、あいぶろすといんさいど
そーていくみーあうぇい

週末の駅前は混んでいる。たくさんの人が歩いている。目の前で吉田さんが体を揺らしている。ハナちゃんは小さな手を一生懸命叩《たた》いている。その爪は桜色に塗られている。何

人かの足がとまる。一人、二人、三人、と聴衆が増える。大半は弥生さんの大きな胸とおヘソが目当てなんだろうけれど、それでも悪い気はしなかった。

わたしは歌った。自分の歌を歌った。

解説

——愚かで美しく——

西　加奈子

白痴美、とでも言おうか。

語弊があるならば、少し阿呆《あほう》な子。それでも語弊があるならば、一番使いたくない言葉を使うことになる。天然な子。私はそういう女の子に、多分に惹《ひ》かれる傾向にある。

私の中のイメージでしかないのだが、その子は、少しぼうっとしていて、自分の感情を言葉に表すのが苦手、表したとしても、少し素《す》っ頓狂《とんきょう》なことを言ったりして、周囲の人に笑われてしまう。阿呆やなぁ、と、呆《あき》れられたりもする。

そういう子を「演じて」いる子はたくさんいる。どうやら少し天然な子のほうが、男性受けがいいらしいのだ。だが、「演じて」いる子と、「本物」との違いは確実にある。私の中でそれは、「許すことに長《た》けているかどうか」であると思う。

私的な意見であるが、私がもっとも魅力を感じる女性は、この、「許す」ことができる人である。諦観《ていかん》をもっている、といおうか。自分が少しぼうっとしていることや、何か発言をした際、それを理解してもらえないこと、あまつさえ「阿呆やなぁ」と呆れられることに、彼女は慣れている。「演じて」いる子のように、してやったり、と思うことなどない。どこか、「仕方ないなぁ」と諦《あきら》めている、女の子。

そういう子は、大概、ろくでもない男に引っかかる。そしてだめになる。どうしてそんな男のことを許すの！　どうして怒らないの！　などと、こちらが息巻いても、「ほんとだねぇ」なんて、人事みたいに話す。私は、この子、阿呆なんとちゃうか、だから男がつけあがる、などと怒りを覚えつつ、心の奥底で、強烈に憧《あこが》れている。

その美しさに、手を伸ばす。

『月光スイッチ』の主人公である香織は、「許す」ことに長けている、すごく。

私だったらセイちゃんみたいな男性は、絶対に嫌だ。そもそも、好きにならないと思う。読みすすめていくうち、セイちゃんの徹底した狡《ずる》さ、魅力の裏返しにある拭《ぬぐ》い難い欠点などが、まざまざと感じられ、私は香織が友達であるかのように、ああもう、阿呆、なんでそんな男に！　と、歯噛《はが》みをした。

セイちゃんが、産まれてくる子供が男であることを喜び、香織に名前を聞くという信じられない無神経なことをしでかす場面など、特にだ。香織は当然「セイちゃんって無神経だよね」と怒るが（それも、私から言わせると手ぬるい。どつきまくり蹴《け》りまくり家に火をつけて出奔していい）、ごめん、としょげかえったセイちゃんを見て、急に申し訳ない気持ちが湧き上がる。ごめんね、と謝り、よかったね、男の子で。なんてことまで言う。

しかも、タチが悪いのは、彼女はセイちゃんが好きで、ただそれだけで、その好きな人に、笑っていてほしいと心から願っていることだ。そんな男に。彼女の愚かさに、無力さに、眩暈《めまい》がする。そして眩《まぶ》しくて、やはり手を伸ばす。香織の阿呆め。

結果、セイちゃんとの恋の終わりの、あまりの酷《ひど》さたるや。しかし、読者である私のセイちゃんへの憎しみと裏腹に、香織はあくまで粛々とその現実を受け止めている。「ショックだったことは」という記述はあるが、香織が語るその「修羅場」は、ガラスを隔てて見ているみたいに、ふわふわとしている。憎くて馬鹿馬鹿しくてどうしようもない場面のはずなのに、読後はどこか、甘くて、切ないのだ。

そしてその甘やかな切なさは、『月光スイッチ』という物語に通底している。

それには、香織の一人称が大きく関係している。

彼女の口から語られる言葉は、可愛らしく、拙《つたな》い。ええと、うんと、と、一生懸命考えながら語る彼女の、淡い息遣いが感じられる。二十歳は遠く、三十歳が近い女性であるとは、とても思えないこの少女性には、かといって嘘くささが微塵《みじん》もない。それは太宰治の作品にも見受けられるものであり、私が憧れてやまないものでもある。

急に太宰を引き合いに出したが、やはり私は作家であるので、この可愛らしい一人称の物語を書いたのが、橋本紡さんという男性作家であることに、大変な興味を持つのである。「皮膚と心」や「女生徒」を読んで、その作者が太宰治であったことを驚いたようにだ。

そして、太宰と橋本さんのすごいところは、少女性だけを描くのではなく、きちんと彼女らの「女」の部分を描いていることだと思う。

香織は心からセイちゃんを好きで、その好きな人に笑っていてほしいと思っている、と描いたが、違う場面で彼女は、『セイちゃんに嫌な思いを抱きたくない。だって今は幸せな新婚生活真っ最中なんだから』と、言っている。つまり、自分の今の状況を俯瞰《ふかん》して見ている、狡猾《こうかつ》な余裕もあるのだ。そんな環境やセイちゃんに対してぶつけられない感情を転化させ、ハナちゃんを怒鳴るシーンは、胸が詰まる。香織が「女」を爆発させる瞬間だ。どちらの感情も嘘ではないし、ひいては、私にだって経験のある感情である。

驚くほど狡猾であったり情けないほど動物的であったりする女の業そのものを描きつつ、それでも読後の甘さを読者に与えるその手腕は、どうやって手に入れるのだろう。

それはもしかしたら、私が「許す」ことに長けた女の子に憧れるように、願った瞬間から、離れていってしまうものなのかもしれない。

この物語には、愚かな人ばかりが出てくる。

少なくとも、とことん格好よくて、憧れてしまうような人間は、私の中にはいない。皆、狡猾さや、卑小さや、生きづらさを抱えながら生きている。でも、決して惨めな気持ちにはならない。さきほども言った一人称の可愛らしさが、現実の残酷さを柔らかく、甘やかにしているうえ、作者の徹底した真摯《しんし》な視線を読者がひしひしと感じ取れるからだ。その視線は誰をもおろそかにしないし、置いてけぼりにしない。愚かだけど、救いようがないけれど、でも、それこそが私たちが生きる世界なのだと、静かに告げている。

香織の行く末は分からないが、力強く歌う香織の様子は、私たちに予感を残す。

愚かで美しい世界を、香織は生きていく。

この作品は二〇〇七年三月に小社より単行本として刊行されました。

月光《げっこう》スイッチ

橋本《はしもと》 紡《つむぐ》

角川文庫 16097

平成二十二年一月二十五日　初版発行

発行者―井上伸一郎
発行所―株式会社角川書店
東京都千代田区富士見二―十三―三
電話・編集（〇三）三二三八―八五五五
〒一〇二―八〇七八

発売元―株式会社角川グループパブリッシング
東京都千代田区富士見二―十三―三
電話・営業（〇三）三二三八―八五二一
〒一〇二―八一七七
http://www.kadokawa.co.jp

印刷所―旭印刷　製本所―ＢＢＣ
装幀者―杉浦康平

は 43-1　ISBN978-4-04-394332-6　C0193

角川文庫発刊に際して

角　川　源　義

第二次世界大戦の敗北は、軍事力の敗北であった以上に、私たちの若い文化力の敗退であった。私たちの文化が戦争に対して如何に無力であり、単なるあだ花に過ぎなかったかを、私たちは身を以て体験し痛感した。西洋近代文化の摂取にとって、明治以後八十年の歳月は決して短かすぎたとは言えない。にもかかわらず、近代文化の伝統を確立し、自由な批判と柔軟な良識に富む文化層として自らを形成することに私たちは失敗して来た。そしてこれは、各層への文化の普及滲透を任務とする出版人の責任でもあった。

一九四五年以来、私たちは再び振出しに戻り、第一歩から踏み出すことを余儀なくされた。これは大きな不幸ではあるが、反面、これまでの混沌・未熟・歪曲の中にあった我が国の文化に秩序と確たる基礎を齎らすためには絶好の機会でもある。角川書店は、このような祖国の文化的危機にあたり、微力をも顧みず再建の礎石たるべき抱負と決意とをもって出発したが、ここに創立以来の念願を果すべく角川文庫を発刊する。これまで刊行されたあらゆる全集叢書文庫類の長所と短所とを検討し、古今東西の不朽の典籍を、良心的編集のもとに、廉価に、そして書架にふさわしい美本として、多くのひとびとに提供しようとする。しかし私たちは徒らに百科全書的な知識のジレッタントを作ることを目的とせず、あくまで祖国の文化に秩序と再建への道を示し、この文庫を角川書店の栄ある事業として、今後永久に継続発展せしめ、学芸と教養との殿堂として大成せんことを期したい。多くの読書子の愛情ある忠言と支持とによって、この希望と抱負とを完遂せしめられんことを願う。

一九四九年五月三日

角川文庫ベストセラー

羅生門・鼻・芋粥　芥川龍之介

うち続く災害に荒廃した平安京を舞台に描く文壇処女作「羅生門」など初期の十八編を収録。人間の孤独と侘びしさを描いた、芥川文学の原点。

バッテリー　あさのあつこ

天才ピッチャーとして絶大な自信を持つ巧に、バッテリーを組もうと申し出る豪。大人も子どもも夢中にさせた、あの名作がついに文庫化！

バッテリーII　あさのあつこ

中学生になり野球部に入った巧と豪。二人を待っていたのは、流れ作業のように部活をこなす先輩達だった。大人気シリーズ第二弾！

バッテリーIII　あさのあつこ

三年部員が引き起こした事件で活動停止になった野球部。部への不信感を拭うため、考えられた策とは……。大人気シリーズ第三弾！

バッテリーIV　あさのあつこ

「自分の限界の先を見てみたい——」強豪横手との練習試合で完敗し、巧の球を受けきれないのでは、という恐怖心を感じてしまった豪は……⁉

バッテリーV　あさのあつこ

「何が欲しくて、ミットを構えてんだよ」宿敵横手との試合を控え、練習に励む新田東中。すれ違う巧と豪だったが、巧の心に変化が表れ——⁉

バッテリーVI　あさのあつこ

運命の試合が迫る中、巧と豪のバッテリーがたどり着いた結末は？　そして試合の行方とは——⁉　大ヒットシリーズ、ついに堂々の完結巻‼

角川文庫ベストセラー

GOTH《ゴス》 夜の章　乙一

連続殺人犯の日記帳を拾った森野夜は、死体を見物に行こうと「僕」を誘う……。本格ミステリ大賞に輝いた出世作。「夜」を巡る短篇3作収録。

GOTH《ゴス》 僕の章　乙一

世界に殺す者と殺される者がいるとしたら、自分は殺す側だと自覚する「僕」は森野夜に出会い変化していく。「僕」に焦点をあてた3篇収録。

ドミノ　恩田陸

一億の契約書を待つ生保会社のオフィス。下剤を盛られた子役……。東京駅で見知らぬ者同士がすれ違うその一瞬、運命のドミノが倒れていく！

ユージニア　恩田陸

あの夏、青澤家で催された米寿を祝う席で、十七人が毒殺された。街の記憶に埋もれた大量殺人事件が、年月を経てさまざまな視点から再構成される。

愛がなんだ　角田光代

OLのテルコはマモちゃんにベタ惚れ。全てが彼最優先で会社もクビ寸前。だが彼はテルコに恋していない。直木賞作家が綴る、極上〝片思い〟小説。

もういちど走り出そう　川島誠

インターハイ三位の実力を持つ元400mハードル選手が順調な人生の半ばで出逢った挫折と再生を、繊細にほろ苦く描いた感動作。（解説・重松清）

愛していると言ってくれ　北川悦吏子

耳の聞こえない晃次を、紘子は手話を習い、ひたむきに愛するが……。豊川悦司主演で大ヒットした、せつない恋愛ドラマの決定版、完全ノベライズ。

角川文庫ベストセラー

角川文庫ベストセラー

好きなままで長く　銀色夏生

自然の色でつくられた切り絵に、せつなくて温かい詩や、小さな物語の一シーンを添えた可愛らしい一冊。少し無国籍な薫りの漂う新しい贈り物。

詩集 散リユク夕べ　銀色夏生

もう僕は、愛について恋について一般論は語れない——。静かな気持ちの奥底にじんわりと染み通る恋の詩の数々。ファン待望、久々の本格詩集。

バイバイまたね　銀色夏生

さまざまな女の子たちの恋模様を、撮り下ろしの写真と書き下ろしの詩で綴る、瑞々しさいっぱいのオールカラー詩集。

いやいやプリン　銀色夏生

人が楽しそうなのがいやで、ついいじめてしまうプリンくん。ある日溺れていたところをタコくんに救われて〝悟り〟気分になるのだが……。

ケアンズ旅行記　銀色夏生

気ままな親子三人が向かったのはオーストラリアのケアンズ！　青い海と自然に囲まれて三人は超ゴキゲン。写真とエッセイで綴るほのぼの旅行記。

どんぐり　いちご
くり　夕焼け
つれづれノート⑪　銀色夏生

島の次は、山登場!?　マイペースにつづる毎日日記。人生は旅の途中。そして何かがいつもはじまる。人気イラスト・エッセイシリーズ第11弾！

白痴・二流の人　坂口安吾

敗戦間近の耐乏生活下、独身の映画監督と白痴女の奇妙な交際を描き反響を呼んだ「白痴」他、武将・黒田如水の悲劇を描いた「二流の人」を収録。